Levi Antrim

DISCOVERING DEUTSCHLAND:

BESUCH IN BERLIN

Eine Lektüre für Deutschlernende
auf dem Niveau B1

Bow Tie Publications

Learn German with Herr Antrim

http://www.germanwithantrim.com

info@germanwithantrim.com

© Copyright 2025

Illustrationen: Amy Sulistya

ÜBER DEN AUTOR

Guten Tag! Ich bin Levi Antrim, aber meine Schüler nennen mich „Herr Antrim". Ich bin ein amerikanischer Deutschlehrer mit über 15 Jahren Erfahrung im Klassenzimmer und online. Auf meinem YouTube-Kanal „Learn German with Herr Antrim" erkläre ich die deutsche Sprache auf unterhaltsame und verständliche Weise. Ich habe mehrere Bücher und Kurse für Deutschlernende veröffentlicht und helfe Lernenden weltweit, ihr Deutsch Schritt für Schritt zu verbessern.

Mehr über Herrn Antrim findest du auf

www.germanwithantrim.com

Andere Bücher von Herrn Antrim

Beginner German
with Herr Antrim (A1)

Elementary German
with Herr Antrim (A2)

Mastering the
German Case System

Inhalt

Einleitung

Willkommen bei *Discovering Deutschland*, einem unterhaltsamen und lehrreichen Reiseabenteuer für Deutschlernende auf Niveau B1.

In diesem Buch begleiten wir drei amerikanische Freunde auf ihrer spannenden Reise quer durch Deutschland. Was als einfache Urlaubsidee beginnt, entwickelt sich schnell zu einem sprachlichen, kulturellen und persönlichen Abenteuer: von den ersten sprachlichen Stolpersteinen am Flughafen bis hin zu tiefgründigen Gesprächen mit neuen deutschen Freunden.

Wer sind unsere Helden?

Bruce ist der ehrgeizige Reiseleiter der Gruppe. Er spricht ziemlich gut Deutsch und versucht ständig, die anderen zum Mitmachen zu motivieren, sei es beim Bestellen eines Döners oder bei einer spontanen Stadtführung.

Jason ist schüchtern, aber sprachlich talentiert. Er versteht viel, sagt jedoch zunächst wenig.

Richard hat kaum Deutschkenntnisse, aber dafür jede Menge Charme und Humor. Seine Missverständnisse sorgen für viele lustige Momente und echte Lernchancen.

Warum dieses Buch?

Wenn du Deutsch lernst, kennst du das Problem: Lehrbücher sind oft trocken, Dialoge klingen künstlich, und das Vokabular fühlt sich selten „echt" an. *Discovering Deutschland* ist anders.

Dieses Buch bietet dir authentische, alltagsnahe Sprache in einem zusammenhängenden und unterhaltsamen Kontext mit echten Dialogen, lebendigen Beschreibungen und kulturellen Einblicken in das moderne Deutschland. Es wurde speziell für das B1-Niveau geschrieben, mit einem kontrollierten Wortschatz und passenden grammatischen Strukturen.

Was dich erwartet

Jedes Kapitel erzählt einen Teil der Reise: von Berlin über Potsdam bis hin zu einem letzten Abendessen bei neuen Freunden. Du wirst...

- lernen, wie man in Deutschland Essen bestellt, ein Hotelzimmer bucht oder mit einem Polizisten spricht;

- durch Sprachwitz und Missverständnisse lachen und dabei ganz nebenbei besser verstehen, wie Deutsch wirklich gesprochen wird;

- kulturelle Besonderheiten entdecken, vom „Stoßlüften" bis zum bekannten Bruderkuss an der East Side Gallery;

- neue Vokabeln und Redewendungen in echten, sinnvollen Zusammenhängen lernen.

Zu jedem Kapitel findest du **Vokabellisten**, **Arbeitsblätter**, **Hörmaterial** und **Quizfragen**, die du hier herunterladen kannst:

☞ www.germanwithantrim.com/discovering-deutschland-bonus-materials

Eine Geschichte mit Tiefe

Neben Humor und Alltagssituationen geht es auch um ernste Themen wie deutsche Geschichte, Erinnerungskultur und persönliche Entwicklung. Die drei Freunde erleben nicht nur Deutschland, sondern

lernen auch viel über sich selbst und du als Leser kannst
dabei mitwachsen.

Viel Spaß beim Lesen!

Mach dich bereit, Deutschland auf eine neue Art zu
entdecken, mit drei neugierigen Freunden, einer großen
Portion Humor und einer Sprache, die lebendig,
nuanciert und manchmal ein bisschen chaotisch ist. Los
geht's!

DREI FREUNDE, EIN TRAUM

Bruce, Richard und Jason sind sehr gute Freunde. Sie wohnen in derselben Stadt, aber nicht wirklich in derselben **Gegend**. Trotz ihrer Unterschiede verstehen sich die drei unglaublich gut. Jetzt sitzen sie im Flugzeug nach Berlin, und Bruce kann kaum still sitzen. Doch bevor wir dort ankommen, lernen wir die drei ein bisschen besser kennen.

Richard wohnt mit seinen Eltern in einem großen Haus im reichen Teil der Stadt. Bruce wohnt mit seiner Mutter in einem kleinen Haus in der Nähe der Schule. Jason wohnt mit seinem Vater und drei Brüdern in einer kleinen Wohnung mitten in der Stadt.

Herr Lehrer hat die Jungs vier Jahre lang in Deutsch unterrichtet. Lehrer sollten es zwar nicht sagen oder zeigen, aber sie haben ihre Lieblingsschüler. Bruce war Herr Lehrers Lieblingsschüler. Er war immer neugierig und wollte mehr wissen. Er meldete sich ständig im Unterricht, half den anderen Schülern, wenn sie etwas nicht verstanden, hörte gerne deutsche Musik und schaute gerne deutsche Filme. Bruce war der beste Deutschschüler in der Klasse.

Herr Lehrer mochte Jason sehr, aber Jason war so **schüchtern**, dass er sich nicht oft meldete. Wenn er etwas schreiben musste, machte er fast nie Fehler. Es gab nur selten Grammatik- oder Rechtschreibfehler in seinen **Aufsätzen**. Bei mündlichen Prüfungen sprach Jason sehr klar und formulierte seine Antworten gut.

Richard war ein wenig das Gegenteil. Er hatte oft **Schwierigkeiten** im Unterricht und benutzte sehr oft

Google Translate, um überhaupt mitzukommen. Aber eins muss man sagen: Richard hatte ein großes Herz und konnte immer alle zum Lachen bringen.

Es war Herr Lehrer nie ganz klar, warum Richard in seiner Klasse war. Richard wollte kein Deutsch lernen. Er wollte nur vier Jahre Deutschunterricht auf dem Zeugnis stehen haben. In Prüfungen bekam er fast immer 70 % oder weniger, aber seine Hausaufgaben und Aufsätze waren erstaunlich gut. Herr Lehrer konnte es nie **beweisen**, aber irgendetwas daran kam ihm verdächtig vor. Einmal fragte er Richard sogar, ob sein **„Nachhilfelehrer"** **zufälligerweise** „Herr Google" heiße.

Bruce, Richard und Jason waren schon lange Freunde und wollten seit Ewigkeiten nach Deutschland reisen. Richard könnte Geld von seinen Eltern bekommen, um eine solche Reise zu machen, aber für Bruce und Jason wäre das undenkbar gewesen.

Als Jason seinen Führerschein bekam, fing er am selben Tag mit seinem neuen Job an. Jeden Tag nach der Schule arbeitete er im Restaurant. Von seinem **Einkommen** bezahlte er das Nötigste, aber sein gesamtes **Trinkgeld** legte er auf sein Sparkonto.

Bruce arbeitete für verschiedene Nachbarn in seiner **Gemeinde**. Er mähte den **Rasen** von Herrn Richert, reinigte die **Dachrinnen** für Frau Kloster, führte sieben Hunde Gassi und half Schülern der sechsten Klasse mit ihren Hausaufgaben. Wenn jemand sagt, „Ich gebe dir etwas Geld, wenn du das für mich machst", machte Bruce, was sie wollten.

Nach dem Schulabschluss hatten alle drei Jungs endlich genug Geld, um eine Reise zu machen. Sie **entschieden** sich, nach Berlin zu fliegen. Sie wussten nicht genau, wohin sie danach reisen würden, aber nach zwei Wochen wollten sie von München aus wieder nach Hause fliegen. Richard meinte, dass sie ohne Plan flexibler sein könnten. Vielleicht hat er recht.

Wir werden bald sehen.

Kapitel 1 - Wortschatzliste

Deutsch	Englisch
der Aufsatz, ¨e	essay, composition
beweisen (bewies, bewiesen)	to prove
die Dachrinne, -n	gutter (on a roof)
das Einkommen, -	income
entscheiden (entschied, entschieden)	to decide
die Gegend, -en	area, neighborhood
die Gemeinde, -n	community, local area
der Nachhilfelehrer, -	tutor
der Rasen, -	lawn
das Trinkgeld, -er	tip (money for service)
schüchtern	shy
zufälligerweise	coincidentally

WILLKOMMEN IN DEUTSCHLAND

Bruce, Richard und Jason sind gerade an einem belebten deutschen Flughafen angekommen. Sie stehen in der Nähe eines Schildes, auf dem „Willkommen in Deutschland" steht. Der Flughafen ist voller Menschen, die nach Koffern suchen, telefonieren oder schnell zu ihren Gates laufen. Jason sieht sich nervös um, aber die riesige Halle und die vielen Geräusche machen ihn auch neugierig.

„Also, Leute, wir sind offiziell in Deutschland! Bereit für ein episches **Abenteuer**?", fragt Bruce.

„Brah. Why are you speaking German? I have no idea what you are saying", erwidert Richard.

„Wir haben doch gesagt, dass wir in Deutschland so viel Deutsch wie möglich sprechen. Wir sind jetzt hier. Jetzt sprechen wir Deutsch miteinander", sagt Bruce.

„Keine Sorge, Richard. Ich bin bei dir. Bruce hier ist der deutsche Sprachsuperheld", sagt Jason.

Sie gehen zur Passkontrolle. Dort steht ein Mann mittleren Alters in Uniform. Er stellt jedem Fluggast ein paar Fragen, bevor er den Pass **abstempelt** und den nächsten Fluggast nach vorn ruft.

Bruce macht einen Witz über den Mann vom Film *Die Ritter der Kokosnuß*, der die Brücke des Todes bewacht.

„Wer über die Brücke des Todes will gehen, muss dreimal Rede und Antwort stehen, dann darf er die andere Seite sehen."

Jason lacht, aber Richard schaut ihn verwirrt an. Bruce geht zuerst zum **Beamten**.

„Guten Tag! Ihren Pass, bitte", sagt der Beamte.

„Hier ist mein Pass", antwortet Bruce und gibt dem Beamten den Pass.

Der Beamte **überprüft** den Pass. Er schaut auf den Pass und dann auf Bruce. Dann wieder auf den Pass und wieder auf Bruce.

„Danke", sagt der Beamte, als er den Pass zurückgibt. „Was sind Ziel und **Zweck** der Reise?"

„Ich mache **Urlaub** mit meinen Freunden", antwortet Bruce und **deutet auf** die anderen zwei Jungs hinter ihm. „Wir reisen von Berlin nach Hamburg, Köln und Heidelberg, bevor wir dann in München ankommen und von dort wieder nach Hause fliegen."

„Willkommen in Deutschland." Der Beamte winkt Jason herüber. „Der Nächste, bitte!"

Jason schaut auf den **Boden**, als er ganz langsam zum Schalter kommt. Er legt seinen Pass auf den Schalter und schaut immer noch auf den Boden.

„Guten Tag. Ihren Pass, bitte", sagt der Beamte.

Jason schiebt dem Beamten den Pass rüber, schaut ihm aber immer noch nicht in die Augen.

„Sind Sie der junge Mann auf dem Foto?", fragt der Beamte.

„Ehm..."

„Sie sehen nicht so aus", fährt er fort.

Jason schaut dem Beamten zum ersten Mal in die Augen. Er weiß nicht, was er tun soll. Wie kann er den Beamten **überzeugen**, dass der Pass ihm gehört? Was soll er sagen? Das Zimmer **scheint sich** zu **drehen**. Jason wird schwindlig. Wird der alte Mann von der Brücke des Todes ihn in die **Schlucht** werfen?

Er dreht sich ganz schnell um. „Ehm... Bruce, HILFE!", ruft Jason.

Bruce kommt zurück zum Schalter und fragt: „Was ist los?"

„Er sieht nicht so aus wie auf seinem Passfoto", erklärt der Beamte.

„Natürlich nicht! Der Pass ist schon fünf Jahre alt. Da war er dreizehn. Er hatte lange blonde Haare damals. Jetzt hat er kurze braune Haare. Er war damals einsfünfzig groß, jetzt ist er einsachtzig groß."

„Okay, jetzt sehe ich es. Er sieht tatsächlich wie dieser Junge aus, nur ein bisschen älter", gibt der Beamte zu.

Bruce und Jason danken dem Beamten und Richard tritt an den Schalter. Er schaut dem Beamten ebenfalls nicht in die Augen, aber nicht aus demselben Grund. Richard hat eine schöne Frau auf der anderen Seite der **Passkontrolle entdeckt**.

„Was ist der Zweck Ihrer Reise?", fragt der Beamte.

Richard **starrt** den Beamten an und **stammelt**: „Hmm? Ehm..."

Der Beamte **erkennt**, dass Richard gar kein Deutsch versteht und wahrscheinlich auch nicht spricht. Dann sagt er mit einem starken **Akzent**: „Vhat is ze purpose of your visit?"

„Oh. I'm here on vacation, brah", antwortet Richard glücklich.

„Schön. Viel Spaß", **erwidert** der Beamte und gibt den Pass zurück.

Kapitel 2 - Wortschatzliste

Deutsch	Englisch
das Abenteuer, -	adventure
der Akzent, -e	accent
abstempeln	to stamp
der Beamte, -n	official, officer
der Boden, -¨	floor, ground
auf etwas deuten	to point at something
sich drehen	to turn, spin
entdecken	to discover
erkennen (erkannte, erkannt)	to recognize
erwidern	to reply, respond
die Passkontrolle, -n	passport control
scheinen (schien, geschienen)	to seem
die Schlucht, -en	gorge, ravine
stammeln	to stammer
starren	to stare
überzeugen	to convince
der Urlaub, -e	vacation
der Zweck, -e	purpose

Kapitel 3

GEPÄCKSUCHE

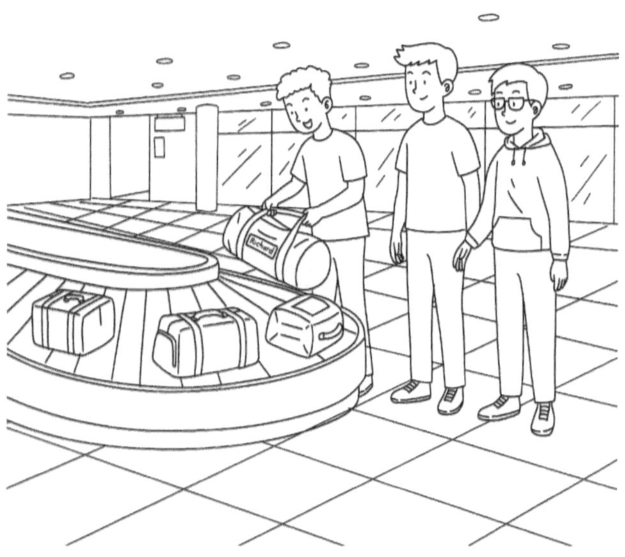

Die Jungs gehen weiter zum **Gepäckband**. Dort stehen viele andere Passagiere von ihrem Flug. Sie warten in einem Kreis um das Band. Der Alarm ertönt und die Gepäckausgabe fängt an, sich zu drehen.

„Richard, du hast hier einen Job: Finde deine Sporttasche!“, sagt Bruce.

Richard schaut Bruce zuerst verwirrt an. Dann sagt er: „Okay. Finde meine Sporttasche. Welche Sporttasche habe ich mitgebracht?“

„Die Schwarze“, antwortet Bruce.

„Sie sind alle schwarz!“, **meckert** Richard.

Bruce rollt die Augen und sagt: „Dann warten wir einfach, bis alle anderen Fluggäste ihr Gepäck geholt haben. Wenn dann immer noch eine Tasche übrig gibt, ist sie wahrscheinlich deine.“

„Heh? I am so lost“, sagt Richard.

Bruce **beruhigt** ihn: „Wir werden deine Tasche finden.“

„Hey. Das verstehe ich! Ich finde meine Tasche!“, ruft Richard aus.

Jason klopft Richard auf die Schulter: „Ja, du kannst sehr gut Deutsch sprechen“, sagt er.

Sie warten auf ihr Gepäck. **Schließlich** entdeckt Richard seine Sporttasche und **greift** begeistert danach.

„Da ist sie! Wie ein echter Detektiv!“, ruft Richard triumphierend.

„Wie hast du sie eigentlich so schnell erkannt?", fragt Jason.

Richard zeigt auf das **Klebeband** mit seinem Namen „Richard".

Jason **nickt** erleichtert, aber der Moment dauert nicht lange. Nach ein paar Minuten bemerkt er, dass immer mehr Leute ihre Koffer nehmen und **verschwinden**. Nur noch wenige Taschen drehen ihre Runden auf dem Gepäckband.

„Äh... wo ist mein Koffer?" fragt Jason. Er geht näher ans Band und schaut zum **Förderband**ausgang. Nichts.

„Vielleicht kommt er gleich. Manchmal dauert es ein bisschen länger", sagt Bruce.

Ein weiteres Mal dreht das Band eine Runde, diesmal leer. Jason **beißt** sich auf die Lippe. „Was werde ich tun? Ich kann nicht zwei Wochen in Deutschland **verbringen**, ohne meine Kleidung zu haben."

Er fängt an, hin und her zu laufen. „Alles ist in diesem Koffer. Meine Kleidung, mein Ladegerät, sogar meine Lieblingsjacke!"

Richard hebt eine Augenbraue. „You could wear the same shirt every day. Just call it ‚minimalism'"

Bruce bleibt ruhig. „Beruhige dich, Jason. Wenn dein Gepäck verloren geht, musst du einfach zum Schalter für verlorenes Gepäck gehen. Sie nehmen deine Daten auf und schicken den Koffer direkt zu unserem Hotel."

„Sweet. They deliver? I should have lost my bag, so I don't have to carry it around", sagt Richard.

„Das dauert vielleicht ein oder zwei Tage, aber du bekommst ihn wieder", sagt Bruce.

Jason atmet tief ein. „Okay... okay, das ist nicht so schlimm."

In dem Moment hört man ein Rumpeln und aus dem Schacht fällt ein letzter, dunkler Koffer auf das Band.

Jason blinzelt. „das ist meiner!"

Er hebt ihn hoch und **seufzt** erleichtert. „Ich nehme alles zurück, Deutschland. Ihr seid fantastisch."

Die Jungs nehmen ihre Koffer und folgen dem Schildern **Richtung** Ausgang.

Als sie **sich** zum **Zoll begeben**, kommen sie an einem Schild vorbei, auf dem „Duty-Free-Shops" steht.

„Hey, Leute, schaut euch die Duty-Free-Shops an! Jason, vielleicht findest du hier deutsche Bücher, um dein Selbstvertrauen zu stärken", hänselt Bruce.

„Ähm, vielleicht später. Lass uns zuerst durch den Zoll gehen", erwidert Jason.

Am Zoll überprüft ein Beamter ihre Taschen.

„Guten Tag! Haben Sie etwas zu **verzollen?**", fragt der Beamte.

Bruce antwortet: „Nein, nichts zu verzollen."

Zu ihrer Überraschung wird Jason vom Zollbeamten gebeten, seine Tasche genauer **untersuchen** zu lassen, als sie Medikamente finden.

„Jason, was ist los?", fragt Richard.

„Sie haben meine Asthma- und Beruhigungsmedikamente gefunden. Ich habe eine ärztliche **Bescheinigung**! Ich habe sie extra für diese Situation mitgebracht", antwortet Jason nervös.

Der Zollbeamte ruft seinen **Vorgesetzten.**

„Guten Tag! Wir müssen diese Medikamente überprüfen. Bitte warten Sie einen Moment", sagt der vorgesetzte Zollbeamte.

Bruce und Richard sehen **besorgt** zu, während Jasons Medikamente überprüft werden. Nach einer kurzen Pause winkt der Beamte sie durch.

„Wir machen das großartig, Leute! Jason, du bist ein Ass!", sagt Bruce.

Richard lacht über das Wort „Ass".

„Das bedeutet nicht das, was du denkst, Richard", erklärt Jason und **verdreht** die Augen.

„Aber du bist ein Ass", sagt Richard lachend.

„Danke", sagt Jason und grinst.

Mit ihrem Gepäck sicher im Arm machen sie sich endlich auf den Weg zum Hotel.

Kapitel 3 - Wortschatzliste

Deutsch	Englisch
sich begeben (begab sich, begeben)	to proceed, go
beißen (biss, gebissen)	to bite
beruhigen	to calm, soothe, reassure
die Bescheinigung, -en	certificate, note
besorgt	worried
das Förderband, -̈er	conveyor belt
das Gepäckband, -̈er	baggage carousel
greifen (griff, gegriffen)	to grab
das Klebeband, -̈er	tape
meckern	to gripe, complain
nicken	to nod
die Richtung, -en	direction
seufzen	to sigh
überprüfen	to check, inspect
untersuchen	to examine
verbringen (verbrachte, verbracht)	to spend (time)
verdrehen	to roll, twist
verschwinden (verschwand, verschwunden)	to disappear
verzollen	to declare (at customs)
der Vorgesetzte, -n	supervisor
der Zoll, -̈e	customs

ANKUNFT IM HOTEL

Sie begeben sich zum Transportbereich. Dort gibt es viele Taxis und Busse, die den Fluggästen **zur Verfügung stehen**.

„Gut, letzter Schritt, bevor wir die Stadt **erkunden**: Transport. Lasst uns ein Taxi nehmen", sagt Bruce.

Sie **nähern sich** einem Taxistand. Mehrere gelbe Autos warten in einer Reihe, alle **blitzsauber** und ordentlich geparkt. Auf den Dächern **leuchten** kleine Schilder mit der Aufschrift „TAXI".

„Moment mal ... sind das alles Mercedes?", fragt Richard mit großen Augen.

„Ja", sagt Bruce lachend. „In Deutschland fahren viele Taxis Mercedes. Es ist ganz normal hier."

Bruh, that's crazy! In the US they would be luxury cars. Here they are taxis!", sagt Richard.

„Willkommen in Deutschland", sagt Jason. „Hier ist sogar das Taxi effizienter als bei uns."

Richard nickt langsam, während er die Autos **bewundernd** ansieht. „If I lived here, I would take a taxi just to sit in a Mercedes."

„Guten Tag! Wohin möchten Sie fahren?", fragt ein Taxifahrer.

„Wir wollen zum Hotel Gemütlichkeit in der Innenstadt", antwortet Bruce.

„Sehr gut, dieses Hotel kenne ich gut. Bitte steigen Sie ein", sagt der Fahrer.

Er hilft ihnen, die Koffer und Taschen in den Kofferraum zu legen. Dann steigen sie ins Taxi ein.

Richard schaut amüsiert und sagt: „Hast du gerade ‚Gemütlichkeit‘ gesagt? Das klingt... gemütlich!"

Jason lächelt und erwidert: „Ja, das bedeutet **Behaglichkeit**, Komfort und eine warme Atmosphäre. Perfekt für unseren Urlaub, oder?"

„Check out these cars! They are adorable. They are so tiny, they would look like toys on an American street", sagt Richard.

Jason lacht. „Willkommen in Europa. Hier sind die Straßen enger, also sind die Autos kleiner."

„Aber das da ist doch kein Auto. Das ist ein Toaster mit Rädern!", ruft Bruce und zeigt auf einen Citroën Ami.

Der Taxifahrer grinst im **Rückspiegel**. „Das ist ein Citroën Ami. Sehr praktisch in der Stadt."

„Citroën? Ist das nicht das Wort für ‚lemon?'", fragt Richard.

„Nein, Richard. Das ist ‚Zitrone'", lacht Jason.

„In den USA braucht man ein Auto für alles. Hier braucht man eins, das in eine **Parklücke** passt", sagt Bruce.

„My truck wouldn't even fit between the lines on the street. I can't imagine trying to park", sagt Richard.

„Ich habe gesehen, wie du in Amerika parkst. Es ist egal, wie groß die Parklücke wäre. Du nimmst immer vier Lücken für deinen Pick-up", sagt Jason trocken.

Der Fahrer lacht leise. „Amerikaner, ja? Ich habe es mir gedacht."

Nach sechzehn Minuten Fahrt kommen sie an ihrem Hotel an. Es ist ein großes Gebäude mit sieben Stockwerken und vielen Fenstern.

Bruce gibt dem Taxifahrer 25 Euro und sagt: „Stimmt so, vielen Dank!"

„Vielen Dank! Genießen Sie Ihren **Aufenthalt!**", antwortet der Fahrer.

Bruce, Jason und Richard **betreten** das Hotel. Im Empfangsbereich riecht es nach frischem Kaffee und Reinigungsmittel. Im Hintergrund läuft leise Musik. An der Rezeption steht eine junge Frau mit einem hohen **Haarknoten**. Sie trägt einen **Bleistiftrock**, eine weiße Bluse und eine dunkelblaue Jacke. Auf ihrem Namensschild steht: „Sofia".

„Herzlich willkommen im Hotel Gemütlichkeit! Wie kann ich Ihnen helfen?", fragt sie.

Jason und Richard **tauschen** Blicke **aus**.

„Denk an dein **Selbstvertrauen**, Kumpel!", **flüstert** Richard Jason zu.

Jason atmet tief durch und stottert: „Wir haben eine Reservierung auf den Namen Smith."

„Ah, ja, hier ist Ihre Reservierung", sagt Sofia.

Sie gibt den Jungs ihre Zimmerschlüssel.

„Haben Sie sonst noch Fragen?", fragt Sofia.

Jason überlegt kurz, doch ihm fällt nichts ein. Das Zimmer liegt im zweiten Stock in der Nähe des Fahrstuhls. Bruce, Jason und Richard gehen dahin.

Als die Jungs ihr Hotelzimmer betreten, legt Bruce seinen Koffer ab und schaut sich um.

„Oh wow... das ist kleiner, als mein Badezimmer", sagt Richard.

„Hier ist alles kompakter, auch die Hotelzimmer. Wir wollten auch ein teures Hotel buchen. Bruce und ich müssen schließlich alles selbst bezahlen", sagt Jason.

„Aber schau mal, wie sauber und ordentlich alles ist“, sagt Bruce.

„Die Betten sind auch sehr klein. Why are there two beds shoved together?“, fragt Richard.

„Das ist ein Dreibettzimmer. In Deutschland gibt es oft solche Matratzen, die man **zusammenschieben** kann, um ein Doppelbett zu machen“, sagt Bruce.

„Also, wir können sie trennen?“, fragt Jason.

„Natürlich. Ich will nicht im selben Bett wie Richard schlafen“, lacht Bruce.

„Was? Hast du meinen Namen gesagt?“, fragt Richard.

„Gut, Leute, wir haben den Flughafen gemeistert und im Hotel eingecheckt. Was steht als Nächstes auf unserer Abenteuerliste?“, sagt Bruce.

„Warte mal... wo ist mein Rucksack?“, fragt Jason ängstlich.

„Oh nein! Du hast ihn auf dem **Bürgersteig** stehen lassen!“, ruft Bruce.

Kapitel 4 - Wortschatzliste

Deutsch	Englisch
austauschen	to exchange
die Behaglichkeit, -en	comfort
betreten (betrat, betreten)	to step (into)
bewundernd	admiringly
der Bleistiftrock, -̈e	pencil skirt
blitzsauber	squeaky clean
der Bürgersteig, -e	sidewalk
erkunden	to explore
flüstern	to whisper
der Haarknoten, -	bun (hairstyle)
leuchten	to shine
sich nähern	to come closer
die Parklücke, -n	parking space
der Rückspiegel, -	rearview mirror
schließlich	after all
der Schritt, -e	step
das Selbstvertrauen	confidence
zur Verfügung stehen (stand, gestanden)	to be available
zusammenschieben (schob zusammen, zusammengeschoben)	to push together

RUCKSACK-RETTUNG

Jason geht im Zimmer auf und ab. Er weiß nicht, was er tun sollte. Warum passiert ihm so was immer?

„Das kann nicht sein! Das ist der Rucksack mit meinen wichtigsten Sachen! Mein Pass ist da drin. Wie kann ich

nach Hause kommen, wenn ich keinen Pass habe?“, sagt
er.

Richard versucht, ihn zu beruhigen: „Keine Sorge, Jason.
Maybe it’s still there, brah.“

Sie beeilen sich, ein Taxi zurück zum Flughafen zu
nehmen.

Der Taxifahrer **scherzt** mit den Jungs: „Wieder zurück?
Haben Sie etwas vergessen oder mögen Sie Deutschland
gar nicht und wollen schon wieder weg?“

„Ja, leider hat unser Freund seinen Rucksack am
Flughafen vergessen. Wir müssen **nachsehen**, ob er noch
da ist“, erklärt Bruce.

„Oh, das ist ja schade“, sagt der Taxifahrer. „Hoffentlich
können Sie ihn finden.“

Auf dem Weg zum Flughafen stellt sich Jason vor, wie er
alles neu kaufen muss.

Am Flughafen angekommen, suchen sie in dem Bereich,
wo sie in das Taxi eingestiegen sind. Glücklicherweise
steht der Rucksack genau dort, wo Jason ihn vergessen
hat. Niemand hat den Rucksack angerührt.

„Da ist er! Jason, hier steht dein Rucksack!“, ruft Bruce.

„Oh, Gott sei Dank! Ich war schon so besorgt“, sagt Jason.

„Du bist so ein **Glückspilz**, Jason! Jetzt haben wir alles!“, sagt Bruce.

„Ich passe jetzt besser auf dich auf“, murmelt Jason und klopft auf den Rucksack, als wäre er ein alter Freund.

Sie kehren zum Hotel zurück.

„Willkommen zurück! Hat alles geklappt?“, sagt Sofia, die Rezeptionistin.

„Ja, wir haben Jasons Rucksack gefunden. Vielen Dank für Ihre Hilfe“, antwortet Bruce.

„Kein Problem. Ich wünsche Ihnen einen angenehmen Aufenthalt im Hotel Gemütlichkeit“, sagt sie.

In ihrem Hotelzimmer angekommen, machen sie sich bereit, die Stadt zu erkunden. Sie packen ihre Sachen aus den Koffern aus und legen sie in die **Kommode** und den Schrank. Richard duscht sich schnell. Er meint, er wolle frisch **riechen**, falls er eine schöne deutsche Frau trifft. Jason erinnert ihn daran, dass er gar kein Deutsch spricht, aber das stört Richard nicht.

„One small problem. No German woman is going to like me, if I stink. I forgot my deodorant“, sagt Richard.

„Dann sollten wir wohl schnell in einen Laden gehen“, sagt Bruce.

Ein paar Minuten später entdecken sie einen kleinen Supermarkt an der Ecke. Ein Mann mit einer Kappe schiebt gerade einen Einkaufswagen zurück, während eine Frau ihren Hund vor dem Eingang **festbindet**. Drinnen riecht es nach Brot, Käse und Reinigungsmitteln.

Richard findet das Regal mit den Deos und fängt an, an verschiedenen Sorten zu riechen.

„Where's the man scents? Nothing but flowers and baby powder here“, sagt Richard.

„In Deutschland mögen sie wohl saubere Männer und nicht Männer, die wie Männer riechen“, lacht Jason.

Bruce findet schließlich ein neutrales Deo und gibt es Richard. „Hier. Frisch, aber nicht zu stark. So wie du sein solltest.“

„Ich *bin* stark“, sagt Richard **empört**.

Er sagt, dass dieses Deo gut genug ist und sie gehen zur Kasse. Während er wartet, schaut er sich um. Richard stößt Bruce mit dem Ellenbogen an.

„Was ist das?“, flüstert Richard und zeigt auf das Regal hinter der Kasse.

Jason folgt seinem Blick. Auf den Zigarettenschachteln sind große Fotos: eine kranke Lunge, ein Zahnfleisch voller Löcher, ein Mensch mit einem Beatmungsschlauch.

„Das ist eklig", sagt Richard.

„Sie zeigen das, damit die Leute nicht rauchen. In Deutschland stehen da nicht nur Warnungen. Sie zeigen gleich die Folgen", erklärt Bruce ruhig.

„Ja, das ist ziemlich direkt. In den USA steht nur ‚Smoking kills' in kleiner Schrift", sagt Jason.

„Wenn ich das jeden Tag sehen müsste, würde ich nie wieder eine Zigarette **anfassen**", sagt Bruce.

Der Kassierer grinst leicht. „Das ist genau der Sinn davon."

„Good thing you don't smoke, Professor Bruce", sagt Richard.

Richard zahlt sein Deo und die Jungs gehen wieder hinaus auf die Straße.

„Okay, Mission erfüllt", sagt Bruce. „Rucksack gefunden, Deo gekauft, Lektion über deutsches Gesundheitswesen gelernt."

„Und meine Nase ist gerettet", sagt Jason.

„Ihr seid einfach neidisch auf meinen natürlichen Duft“, sagt Richard stolz.

Zurück im Hotel sagt Jason: „Jetzt, da wir alles haben, können wir endlich die Stadt erkunden. Ich habe gehört, dass es hier großartige Sehenswürdigkeiten gibt.“

Richard schaut ihn frustriert an und sagt: „Brah, who can think about sightseeing on an empty stomach.? I haven't eaten anything since whatever that weird fake chicken stuff was on the plane.“

„Gute Idee, Richard! Wir sollten zuerst etwas zu essen holen. Dann können wir unsere deutschen Abenteuer **fortsetzen**! Aber du musst mehr Deutsch sprechen. Ich weiß, dass du es kannst“, erwidert Bruce.

„Ja... ich kann sehr gut Deutsch sprechen. Ja. Nein. Kartoffel. Bratwurst. Sauerkraut“, lacht Richard.

„Vielleicht bringen wir dir auf dem Weg zum Mittagessen etwas Deutsch bei“, schlägt Bruce vor. „Das ist meine Mission für diese Reise. Am Ende wirst du ganz gut Deutsch sprechen.“

„Ja, gut“, antwortet Richard. „So, where's the nearest McDonald's?“

Bruce bessert ihn aus und sagt: „Du meinst: ‚Wo ist der nächste McDonald's?' Und nein, wir essen nicht bei McDonald's auf dieser Reise. Wir sind hier, um Deutschland zu **erleben**. McDonald's haben wir zu Hause."

„Whatever, dude. Was essen wir?", fragt Richard.

Jason hat einen Vorschlag: „In unserem Deutschkurs hat Herr Lehrer gesagt, dass es ganz gutes Essen in einem Ratskeller gibt. Berlin hat zwei Ratskeller. Sollten wir zu einem davon gehen?"

„Herr Lehrer hat auch gesagt, es sei sehr teuer im Ratskeller", entgegnet Bruce.

Richard spitzt die Ohren: „Ich verstehe ‚teuer'. Teuer ist nicht gut. Ich habe kein Geld."

„Wovon redest du?", fragt Bruce. „Deine Eltern bezahlen für alles. Du bist der mit dem meisten Geld hier."

„Meine Eltern sind reich. Ich bin nicht reich. Sie haben mir nur 300 Euro gegeben", erwidert Richard.

Bruce ist schockiert: „Für zwei Wochen?"

„Yep", sagt Richard.

„Dann suchen wir etwas, wo es günstiger ist. Jason, hast du eine Idee?", fragt Bruce.

„Wir sind in Deutschland. Sollten wir nicht wie die Deutschen essen?", antwortet Jason.

Bruce schaut Jason an und fragt: „Was meinst du?"

„Döner Kebab, natürlich", antwortet Jason.

„Gute Idee."

„That's like a gyro, right?", fragt Richard.

„So etwas in der Art", antwortet Bruce.

Jason sucht etwas auf seinem Handy: „Es gibt drei Dönerläden in der Nähe des Hotels. Dieser hat die besten **Rezensionen**, ist aber ein bisschen teurer als die anderen zwei."

Richard runzelt die Stirn: „Teurer? Das geht nicht."

Jason versucht noch einmal: „Dieser Laden hat gute Rezensionen und ist nicht teuer. Wir brauchen nur 5 Minuten, wenn wir zu Fuß dorthin gehen."

„Gut. Dann gehen wir zum Istanbul-Döner", sagt Bruce.

Die drei Freunde **verlassen** das Hotel und machen sich auf den Weg zum Istanbul-Döner-Laden.

Kapitel 5 - Wortschatzliste

Deutsch	Englisch
anfassen	to touch
der Aufenthalt, -̈e	stay (in a hotel)
der Bereich, -e	area
empört	indignant(ly)
erleben	to experience
festbinden (band fest, festgebunden)	to tie up
fortsetzen	to resume, continue
der Glückspilz, -e	lucky duck
die Kommode, -n	dresser, chest of drawers
nachsehen (sah nach, nachgesehen)	to check
die Rezension, -en	review
riechen (roch, gerochen)	to smell
scherzen	to joke
verlassen (verließ, verlassen)	to leave

Kapitel 6

DÖNER-VERWIRRUNG

Die drei Freunde verlassen das Hotel, um zum Istanbul-Dönerladen zu gehen.

Bruce schaut **verwirrt** auf sein Handy. „Okay, Leute, ich habe die Adresse in Google Maps **eingegeben**, aber irgendwie scheint das GPS nicht richtig zu funktionieren."

Jason lacht.

„Lass mich mal sehen." Er nimmt das Telefon und schaut darauf. „Hmm, das ist seltsam. Es zeigt uns in die falsche Richtung."

„Guys, can't we just ask someone for directions?", fragt Richard.

„Nein, Richard. Das ist eine gute Gelegenheit, unsere Orientierungsfähigkeiten zu testen. Schaut, wir erkennen diesen Straßennamen auf der Karte. Wir müssen einfach den Schildern folgen", antwortet Bruce.

Jason stimmt ihm zu: „Ja, genau. Hier ist Schillerstraße, und auf dem Handy steht, dass wir in Richtung Mozartstraße gehen. Die Mozartstraße ist..." Er schaut herum. „Dort! Wir gehen da lang."

Die Freunde navigieren durch die Straßen, indem sie die Straßennamen mit denen auf der Karte vergleichen. Hier nach links abbiegen. Dort nach rechts. Ein paar Minuten später sind sie am Dönerladen.

„Endlich! Hier ist der Istanbul-Döner", sagt Jason.

„Mann, schau dir diese Schlange an! Das wird ewig dauern", meckert Richard.

Bruce entgegnet: „Kein Problem, Richard. Wir nutzen die Zeit, um dir beizubringen, wie du deinen Döner bestellst. Du erinnerst dich, wie man einen Döner bestellt, richtig? Das haben wir in der Deutschklasse bei Herrn Lehrer gelernt.“

Richard lacht. „Brah, what I learned in German class was how to use Google Translate in a way that Herr Lehrer wouldn't notice. Du hast von Herrn Lehrer gelernt. Ich nicht.“

„Beim Döner bestellen könntest du einen ganzen Satz sagen, aber vielleicht wäre es einfacher, wenn du nur sagst, was du bestellen möchtest“, erklärt Bruce.

Richard glotzt Bruce an: „Langsam sprechen, Bruce. Ich verstehe nicht.“

Bruce versucht es noch einmal: „Sag einfach: ‚einen Döner, bitte.‘“

„Einen Döner, bitte“, wiederholt Richard.

„Siehst du, du kannst Deutsch sprechen“, sagt Jason lächelnd.

„What's on a Döner, anyway?“, fragt Richard.

„Fleisch...“, beginnt Jason

„Was für Fleisch?“, unterbricht Richard.

„Normalerweise Lamm- oder **Rindfleisch**“, antwortet Jason.

„Mag ich nicht“, sagt Richard.

„Dann bestell Hähnchen“, sagt Bruce.

„Das mag ich. Was gibt es noch?“, fragt Richard.

„Soße…“, beginnt Jason wieder, doch Richard unterbricht ihn.

„Was für eine Soße?“, fragt Richard.

„Eine weiße und eine rote“, sagt Jason mit einem Schulterzucken.

Richard runzelt die Stirn. „Hmm…“

„Probier sie mal, bevor du darüber meckerst“, sagt Jason.

„Aber die rote Soße ist scharf“, warnt Bruce.

„Aber nicht so scharf. Er kann das probieren“, kontert Jason.

„Was ist scharf? Sharp?“, fragt Richard.

„Nein. Das bedeutet ‚spicy‘“, sagt Jason.

„Nein. Das mag ich nicht“, sagt Richard.

„Das habe ich mir gedacht", lacht Bruce.

„Fine. Ich bestelle einen Döner mit Hähnchen", sagt Richard.

„Es gibt auch Salat, Rotkohl, Zwiebeln und Tomaten", sagt Jason.

„Zwiebeln und Tomaten? Nein, danke", sagt Richard und **verzieht** das Gesicht.

„Okay. Ein Hähnchen-Döner ohne Zwiebeln und Tomaten", sagt Jason.

„Das kann ich! Hähnchen-Döner ohne Zwiebeln und Tomaten", erwidert Richard.

„Klar, Richard: ‚Ein Hähnchen-Döner, bitte.' Das ist der Hauptteil deiner Bestellung", sagt Jason.

„Und vergiss nicht, ‚mit allem außer Zwiebeln und Tomaten' und ‚ohne scharfe Soße' hinzuzufügen. Damit bekommst du genau das, was du magst", erinnert Bruce.

Richard übt laut: „Ein Hähnchen-Döner Kebab, bitte. Mit allem außer Zwiebeln und Tomaten. Ohne scharfe Soße."

„Richtig! Du bist auf dem richtigen Weg. Aber denk daran, **höflich** zu sein und ‚bitte‘ am Ende hinzuzufügen. Das ist wichtig“, sagt Bruce.

„Ja, höfliche Ausdrücke sind in Deutschland sehr wichtig. Das zeigt Respekt“, stimmt Jason zu.

An der Theke sind sie endlich dran. Der Duft von frisch gebackenem Brot und gegrilltem Fleisch hängt in der Luft.

„Okay, Richard, jetzt bist du dran. Bestell deinen Döner“, sagt Bruce.

„Ähm... ich hätte gerne einen Döner mit... äh...“, beginnt Richard, aber er vergisst, was er gerade gelernt hat.

„Sie möchten einen Döner. Im Fladenbrot oder meinen Sie Yufka im gerollten Brot?“, fragt der Dönermann.

„Fladenbrot?“, fragt Richard.

„Gut. Döner im Fladenbrot“, wiederholt der Dönermann.

„Hähnchen“, sagt Richard zur Erinnerung.

„Hähnchen-Döner im Fladenbrot. Mit alles?“

„Was ist alles?“, fragt Richard.

Der Dönermann erklärt ihm die Zutaten.

„Salat?“ - „Ja.“

„Rotkohl?“ - „Ja.“

„Zwiebeln?“ - „Nein.“

„Tomaten?“ - „Nein.“

„Soßen? Rot und weiß?“ - „Weiß.“

Dann fragt er etwas Unerwartetes. „Hier essen oder zum Mitnehmen?“

„Mitnehmen?“, fragt Richard.

„Er meint ‚hier essen‘“, unterbricht Bruce. Dann wendet er sich an Richard: „‚Mitnehmen‘ bedeutet ‚to go‘. Wir bleiben hier und essen.“

„Und für Sie?“, fragt der Dönermann weiter.

„Ich möchte einen Yufka-Döner mit allem außer Tomaten“, sagt Bruce selbstbewusst.

Der Dönermann bereitet einen Yufka-Döner zu. Zuerst nimmt er ein rundes, dünnes Fladenbrot, legt ein paar Fleischstreifen darauf, gibt Salat und Soße dazu und rollt das Ganze am Ende wie einen Burrito zusammen. Zum Schluss **wickelt** er alles in Alufolie **ein**.

„Ich möchte eine Döner-Box mit allem“, sagt Jason.

„Möchten Sie etwas trinken?", fragt der Dönermann.

Jason hebt drei Finger, Daumen, Zeige- und Mittelfinger, und sagt: „Drei Fantas, bitte."

Der Dönermann bereitet die Döner-Box zu: Er füllt einen Karton mit Pommes, Dönerfleisch, Salat, Tomaten und Zwiebeln und **übergießt** alles mit den beiden Soßen. Dann macht er den Karton zu, holt die drei Fantas und stellt sie auf die Theke.

Die Jungs bezahlen und setzen sich an einen Tisch. Richard beißt in seinen Döner Kebab.

„Wow, das ist ja gut! Danke, Jungs!", sagt Richard.

„Gern geschehen, Richard. Jetzt, da du weißt, wie man Döner bestellt, kannst du in Deutschland überall essen gehen", sagt Bruce.

„Ich esse jeden Tag Döner auf dieser Reise!", ruft Richard.

„Richard, wir sind in Deutschland. Es gibt so viele andere Gerichte zu probieren", sagt Jason.

Während des Essens schauen die Freunde auf Google Maps, um die nächstgelegenen Sehenswürdigkeiten zu finden.

„Schaut mal, das Brandenburger Tor ist ganz in der Nähe. Und der Reichstag!", sagt Bruce aufgeregt.

„Oder sollten wir zuerst zum Alexanderplatz gehen?", fragt Jason.

„Ich weiß nicht, Jungs... ich denke nur an den nächsten Döner", sagt Richard und leckt Soße von seinen Fingern.

„Wir können zum Fernsehturm gehen und die Stadt von oben sehen", schlägt Bruce vor.

„Gute Idee! Der Fernsehturm ist ein Wahrzeichen von Berlin", stimmt Jason zu.

Mit vollem Bauch machen sie sich auf den Weg nach Berlin-Mitte. Sie gehen zur U-Bahn und nehmen die U2 zum Alexanderplatz. Dort kaufen sie die Tickets für den Fernsehturm.

„Hier sind Ihre Tickets. Der Aufzug bringt Sie auf die **Aussichtsplattform**", sagt der Mitarbeiter des Fernsehturms.

Die Freunde fahren mit dem Aufzug und erreichen die Aussichtsplattform.

„Schaut euch diese **Aussicht** an, Jungs! Berlin sieht fantastisch aus!", sagt Bruce beeindruckt.

„Es ist wirklich fantastisch", sagt Richard.

Die Jungs betrachten eine **Weile** die Stadt und Bruce erzählt ihnen etwas über Berlin.

„Da drüben ist das Brandenburger Tor", sagt Bruce. „Eines der bekanntesten **Wahrzeichen** der Stadt."

„Dort stand mal die Berliner Mauer, oder?", fragt Jason.

„Ja, genau. Die Berliner Mauer wurde ganz in der Nähe des Brandenburger Tors errichtet. Sie war ein Zeichen der Teilung von Ost- und West-Berlin. Das Brandenburger Tor ist jetzt ein Symbol der **Wiedervereinigung**. Direkt unter uns siehst du den Neptunbrunnen mit Neptun in der Mitte und den vier Frauen, die die Flüsse **darstellen**", sagt Bruce.

„Es gibt doch mehr als vier Flüsse in Deutschland, oder?", fragt Richard.

„Natürlich, aber nur der Rhein, die Elbe, die Oder und die Weichsel sind auf dem Brunnen dargestellt", erklärt Bruce. „Links daneben steht das Rote Rathaus. Dort arbeitet der Regierende **Bürgermeister**."

„Ist ein Rathaus voller Ratten?", fragt Richard.

„Nein. Das kommt von dem Verb ‚raten‘. Das bedeutet ‚to advise‘ im Englischen“, erklärt Bruce. „Da hinten, am Horizont, siehst du die **Kuppel** des Reichstags.“

Nach einer halben Stunde wollen sie nach unten. Sie gehen zum Aufzug.

„Es tut mir leid, aber der Aufzug hat technische Probleme. Sie können momentan nicht nach unten“, sagt der **Angestellte**.

„Technische **Schwierigkeiten**? Das klingt nicht gut!“, sagt Jason ängstlich.

„Können wir die Treppe nehmen?“, fragt Bruce.

„Das sind 986 **Stufen**. Das dauert ungefähr zehn Minuten. Die Treppe ist eine Fluchttreppe. Sie dürfen sie verwenden, da es **streng** genommen ein Notfall ist. Aber wahrscheinlich müssen sie nur ein paar Minuten warten, bis der Aufzug wieder funktioniert“, erklärt der Angestellte.

Die Jungs blicken sich an und überlegen, was sie tun sollten, als plötzlich ein komisches **Geräusch** vom Aufzug kommt.

Kapitel 6 - Wortschatzliste

Deutsch	Englisch
der Angestellte, -n	employee, staff member
die Aussicht, -en	view
der Bürgermeister, -	mayor
darstellen	to represent
eingeben (gab ein, eingegeben)	to enter
einwickeln	to wrap
das Geräusch, -e	sound, noise
höflich	polite
lächelnd	smiling(ly)
das Rindfleisch	beef
die Schwierigkeit, -en	difficulty, problem
streng	strict
übergießen	to douse
verwirrt	confused
verziehen (verzog, verzogen)	to twist
das Wahrzeichen, -	landmark
die Weile ,-n	while
die Wiedervereinigung, -en	reunification

Kapitel 7

VERIRRT IN DER

STADTMITTE

Bruce, Jason und Richard stehen eine Weile vor dem Angestellten und diskutieren, was sie zunächst machen sollten. Der Fahrstuhl im Berliner Fernsehturm ist kaputt. Sie sind jung und fit. Sie könnten die 986

Stufen nach unten nehmen. Das wäre eine Option, aber wer will das schon machen?

„So, what's the plan, Bruce?", fragt Richard.

„Was ist der Plan? Wir haben keine Wahl. Wir müssen eine Weile hier oben bleiben", antwortet Bruce.

„Du willst die Treppe nicht nehmen?", fragt Richard.

„Du kannst die Treppe nehmen. Ich bleibe lieber hier, wo wir schon sind. Es gibt hier oben eine Bar. Wir können uns ein Bier bestellen und über unsere nächsten Schritte sprechen", schlägt Jason vor.

„Bier? Sign me up", sagt Richard.

An der Bar sehen sie einen alten Mann mit Schnurrbart. Er trägt einen schwarzen Anzug und eine rote Fliege. Auf seinem Namensschild steht „Karl". Die Jungs nehmen sich einen Platz am Bartresen und betrachten die Getränkekarte.

„Guten Tag. Was kann ich für Sie tun?", sagt Karl, der Barkeeper.

„Können Sie den Fahrstuhl reparieren?", lacht Bruce.

„Nein. Ich bin nur der Barkeeper", antwortet Karl.

„Na gut. Dann brauchen wir drei Berliner Kindl", sagt
Bruce.

Der Barkeeper zieht drei Biere vom Fass und stellt sie auf
den Tresen.

„Danke", sagt Jason zum Barkeeper. Dann dreht er sich
zu seinen Freunden. „Meiner Meinung nach sollten wir
von hier bis zum Brandenburger Tor gehen. Es wäre ein
langer Spaziergang, aber auf dem Weg gibt es sehr viele
Sehenswürdigkeiten zu sehen."

„Google sagt, es sind nur 2,4 Kilometer. Wenn wir im
Schritttempo gehen, dauert es nur 30 Minuten", sagt
Bruce.

„2,4 Kilometer? This had better be worth it", sagt Richard.

„Auf dem Weg können wir die Marienkirche da unten
besuchen, danach den Neptunbrunnen und das Rote
Rathaus. Diese drei Sehenswürdigkeiten sind direkt unter
uns. Dann gehen wir weiter zum Marx-Engels-Forum",
schlägt Jason vor.

„Marx? So wie Karl Marx?", fragt Richard.

„Ja, genau. Und Friedrich Engels. Sie sind die Väter des
Kommunismus. Danach können wir den Berliner Dom
besichtigen", antwortet Jason.

„Das ist ganz in der Nähe von der Neuen Wache! Herr Lehrer hat sehr viel darüber gesprochen. Es gibt auch den Bebelplatz und das Reiterstandbild Friedrichs des Großen. Kurz danach sind wir schon beim Brandenburger Tor“, sagt Bruce.

„Der Aufzug ist wieder in Betrieb“, **verkündet** eine Stimme aus dem Lautsprecher.

„Woo-hoo. Jetzt können wir gehen“, ruft Bruce.

Die Jungs leeren ihre Gläser und machen sich dann auf den Weg nach draußen. Sie gehen zur Marienkirche und zum Neptunbrunnen. Danach besichtigen sie das Rote Rathaus.

Vom Roten Rathaus aus sieht Richard ein sehr altes Gebäude und ruft: „Hey! Is that another old church?“

„Jein. Es war eine Kirche, aber jetzt beherbergt dieses Gebäude ein Museum“, antwortet Bruce.

„Museum habe ich verstanden”, sagt Richard.

„Wollen wir eine kurze **Umleitung** machen?“, fragt Jason.

„Ja. Die Nikolaikirche ist die älteste Kirche Berlins. Wir müssen sie sehen“, antwortet Bruce.

Sie gehen zur Nikolaikirche. Dort sehen sie einen Brunnen. In der Mitte steht eine Säule mit einem Bären auf der Spitze. Auf dem Brunnenrand erkennt man die alten **Wappen** der Berliner Bezirke aus DDR-Zeiten.

„What's with the bear on a stick?", fragt Richard.

„Das ist ein Brunnen. Ich finde ihn süß", sagt Jason.

„Irgendwo in der Nähe sollte es ‚die schönste Straßenecke in Berlin' geben. Herr Lehrer hat etwas darüber gesagt. Es soll sehr schön sein", erinnert sich Bruce.

Jason schaut sich um und sagt: „Vielleicht ist es da."

„Let's check it out", sagt Richard.

Sie gehen ein Stück weiter, bis sie das Ephraim-Palais-Museum erreichen. Das Gebäude hat einen runden Eckbalkon mit goldenen **Gittern**. Die Fassade ist **verziert** mit Figuren und eleganten Fenstern.

„Das ist das Ephraim-Palais", sagt Bruce. „Man nennt es die schönste Ecke Berlins."

„Warum?", fragt Jason.

„Weil es im 18. Jahrhundert als eines der elegantesten Häuser der Stadt **galt**. Der Name kommt von Veitel Heine Ephraim, dem Mann, der das Gebäude bauen ließ."

Bruce zeigt auf den Balkon: „Früher war das hier ein Treffpunkt für wichtige Persönlichkeiten."

„Woher weißt du das?", fragt Jason.

„Man muss so was wissen, wenn man König ist", antwortet Bruce lächelnd. „Und ich habe das Schild gelesen."

„Meh. Es ist nicht sooo schön", meint Richard

„Uh, Bruce. Ich dachte, wir wollten zum Brandenburger Tor", erinnert Jason.

„Ja, stimmt. Aber ich habe vergessen, wo wir losgegangen sind", gibt Bruce zu.

„Hmm. Das weiß ich auch nicht mehr", sagt Jason.

„Wo ist der Fernsehturm? Der ist riesig, oder? Wir sollten ihn sehen können", sagt Richard.

„Aha. Da ist er! Wir müssen da lang", sagt Jason.

Die Jungs gehen zurück zum Marx-Engels-Forum. Jason setzt sich auf den **Schoß** von Karl Marx und Richard **versteckt** sich unter der Jacke von Friedrich Engels. Bruce macht ein paar Fotos davon.

„Jetzt müssen wir nur noch in diese Richtung gehen, bis wir den Berliner Dom finden", sagt Bruce.

„Da ist er!", ruft Jason.

Die Jungs gehen zum Berliner Dom. Die große grüne Kuppel **glänzt** in der Sonne. Rundherum gibt es viele Statuen, Säulen und Verzierungen. Vor dem Dom liegt ein schöner Platz mit Brunnen und Rasen, wo viele Leute sitzen und das Wetter genießen.

„Wow. That is way bigger than I thought it was", sagt Richard.

„Ja, der ist auch größer als ich gedacht habe", stimmt Bruce zu.

„Sollten wir reingehen?", schlägt Jason vor.

„Natürlich. Das kostet bestimmt etwas Geld. Richard, hast du genug Geld dafür?", fragt Bruce.

„Nein. Ich bleibe lieber hier draußen", antwortet Richard.

Bruce und Jason gehen in den Berliner Dom. Richard bleibt draußen vor dem Dom.

„Jason, es kostet nur 10 Euro. Vielleicht sollten wir eine Karte für Richard kaufen", schlägt Bruce vor.

„Na gut." Er ruft durch die Tür: „Hey, Richard! Wir haben eine Karte für dich gekauft. Richard? Richard, wo bist du?"

„Was ist los?“, fragt Bruce?

„Richard ist nicht mehr da“, antwortet Jason.

„Er ist erwachsen. Wir werden ihn später finden. Ich möchte die Kuppel sehen“, sagt Bruce

Bruce und Jason gehen zur Kuppel. Sie schauen vom Balkon auf die Stadt. Sie sehen den Berliner Fernsehturm und den Platz neben dem Dom.

„Das ist so cool. Schade, dass Richard das nicht sehen kann“, sagt Bruce.

„Ich glaube, ich sehe Richard. Ist das er?“, fragt Jason und deutet auf einen Mann im Lustgarten in der Nähe des Springbrunnens.

„Ja. Ich sehe ihn. Hey, Richard!“, ruft Bruce.

„Er sieht uns nicht und wir sind zu weit weg. Er kann uns nicht hören“, sagt Jason.

„Moment mal! Was macht dieser Typ hinter ihm?“, ruft Bruce überrascht.

„Weiß ich nicht... Oh, nein, der hat ihn **bestohlen**! Wir müssen wieder nach unten und ihm helfen!“, ruft Jason.

Bruce und Jason rennen so schnell wie möglich nach unten. Sie treffen Richard auf der Treppe vor dem Berliner Dom. Er sitzt mit dem Kopf in den Händen.

„Richard, wir haben alles von oben gesehen. Hast du gesehen, in welche Richtung der Mann gerannt ist?", fragt Bruce.

„Nein. As if it wasn't bad enough not to have very much money... now I have no money, no phone and no camera", sagt Richard mit gebrochener Stimme.

„Was können wir machen?", fragt Bruce.

„Da ist ein Polizist. Wir müssen mit ihm sprechen", sagt Jason.

Die Jungs gehen in Richtung des Polizisten und Richard fängt wieder an zu weinen.

Kapitel 7 - Wortschatzliste

Deutsch	Englisch
bestehlen (bestahl, bestohlen)	to pick someone's pocket
gelten (galt, gegolten)	to count (as)
das Gitter, -	lattice, grill
glänzen	to shine
die Kuppel, -n	dome
der Schoß, -̈e	lap
die Stufe, -n	step
die Umleitung, -en	detour
verkünden	to announce
verstecken	to hide
verziert	adorned
das Wappen, -	coat of arms

JAGD IM TIERGARTEN

Bruce, Jason und Richard kommen zum Polizisten und sagen: „Guten Tag. Können Sie uns helfen?"

„Guten Tag! Natürlich. Wie kann ich Ihnen helfen?", fragt der Polizist.

„Unser Freund wurde bestohlen. Der Dieb hat sein Handy, seine Kamera und sein Geld gestohlen“, erklärt Bruce.

Jason beginnt, den Dieb zu beschreiben. „Er war mittelgroß, hatte dunkle Haare und trug eine schwarze Jacke und Jeans.“

„Das ist **bedauerlich**, aber ehrlich gesagt, die Chancen, ihn zu fassen, sind gering. In Berlin leben Millionen von Menschen und dazu kommen noch die Touristen“, seufzt der Polizist.

„Bruce, translation please?“, sagt Richard frustriert.

„Du wirst dein Geld wahrscheinlich nicht wiederkriegen. Der Dieb ist verschwunden“, antwortet Bruce mit vielen Handbewegungen, damit Richard ihn versteht.

„Das ist keine Übersetzung, Bruce“, sagt er.

Bruce antwortet nicht.

„Wir werden unser Bestes tun“, sagt der Polizist.

„Danke schön“, sagt Bruce.

Der Polizist nickt und bittet die Jungs, ein kurzes Formular auszufüllen. Sie geben ihre Kontaktdaten an und beschreiben, was passiert ist. Nachdem alles notiert ist, versichert der Polizist ihnen, dass sie informiert werden, falls jemand den verlorenen Geldbeutel findet. Mit einem höflichen „Auf Wiedersehen" verabschieden sie sich und gehen weiter.

Sie **überqueren** den Spreekanal und gehen am Deutschen Historischen Museum vorbei, um weiter zur Neuen Wache zu gehen.

„Schaut, das ist die Neue Wache. Sie dient als **Mahnmal**", sagt Bruce.

Es fängt an zu regnen. Die Jungs laufen schnell unter das Vordach der Neuen Wache. Auf der linken Seite sehen sie ein Schild.

„Auf diesem Schild steht: ‚Die Neue Wache ist der Ort der Erinnerung und des Gedenkens an die Opfer von Krieg und **Gewaltherrschaft**.'", liest Bruce vor.

Sie gehen in das Gebäude hinein. In der Mitte des Raumes sitzt eine Statue von einer Frau, die ihr lebloses Kind in den Armen hält. Sie sitzt auf dem kalten Steinboden, umgeben von der Leere des Raumes. Durch eine Öffnung in der Decke fällt Regen auf die Mutter, was die **Verletzlichkeit** und das Leid symbolisiert.

„Sieh nur, wie der Regen genau auf die Statue in der Mitte fällt. Es sieht so aus, als ob sie weint", sagt Jason.

„Es regnet und schneit durch dieses Loch in der Decke. Das symbolisiert das Leiden der Einwohner während des Zweiten Weltkriegs. Die Statue in der Mitte ist eine Mutter mit ihrem toten Sohn.", erklärt Bruce.

„Was für eine beeindruckende Darstellung der Traurigkeit durch Krieg und Tyrannei", sagt Jason.

Sie bleiben ein paar Minuten in der Neuen Wache stehen, bis es aufhört zu regnen. Dann setzen sie ihren Weg fort und erreichen den Bebelplatz gegenüber dem Humboldt Forum. In der Mitte des Platzes befindet sich eine versenkte, beleuchtete Glasplatte, die in einen **unterirdischen** Raum blicken lässt. Dort stehen leere weiße Bücherregale, genug Platz für die rund 20.000 Bücher, die an diesem Ort von den Nationalsozialisten verbrannt wurden.

„Hier wurden 1933 von den Nazis Bücher verbrannt. Es ist wichtig, dass wir uns an solche Ereignisse erinnern, um sie nicht zu wiederholen", erklärt Bruce.

„Where are you getting this info? Is there a plaque somewhere?", fragt Richard.

Bruce zeigt auf den Boden und sagt: „Du stehst darauf. Siehst du? ‚In der Mitte dieses Platzes verbrannten am 10. Mai 1933 nationalsozialistische Studenten die Werke hunderter freier Schriftsteller, Publizisten, Philosophen und Wissenschaftler.'"

„Was ist das?", fragt Jason als er auf ein Schild deutet.

Auf dem Schild steht: „Das war ein **Vorspiel** nur. Dort wo man Bücher verbrennt, verbrennt man am Ende auch Menschen. - Heinrich Heine"

„1820? Wirklich?", fragt Richard.

„Ja. 1933 war nicht das erste Mal, dass man Bücher verbrannt hat. Nicht gerade an dieser Stelle, aber wenn jemand das Volk kontrollieren und **bezähmen** möchte, nimmt man als erstes Bücher weg. Wenn man das, was man liest, kontrolliert, **beherrscht** man auch die Gedanken des Volkes", antwortet Bruce.

„Genau. Wenn man Bildung kontrolliert, kann man den **Widerstand abwenden**, bevor es überhaupt einen gibt", stimmt Jason zu.

Sie gehen weiter zum Brandenburger Tor, wo sie die Atmosphäre genießen. Vor dem Tor ist viel los: Touristen machen Fotos, Kinder rennen über den Platz und überall stehen **Straßenkünstler**.

Ein Mann ist als Soldat aus der Zeit des Kalten Krieges verkleidet und salutiert für Fotos. Neben ihm tanzt eine

Gruppe junger Leute zu lauter Musik. Ein paar Meter weiter bewegt sich ein silberner „Roboter" in Zeitlupe, während ein anderer Künstler in einem Bärenkostüm kleine Kinder zum Lachen bringt.

In der Nähe spielt ein Musiker auf seiner Geige eine ruhige Melodie, die im Kontrast zum Trubel steht. Die Atmosphäre ist lebendig und typisch für Berlin.

„This is just like Times Square, but without Elmo", sagt Richard.

„Ja... Außer den riesigen Bildschirmen, den Lichtern und den Straßenkünstlern ist es genau wie Times Square", lacht Jason.

Bruce beobachtet die Künstler und sagt: „Es gab eine Zeit, da wollte die Berliner Regierung all diese Leute hier nicht mehr sehen. Sie fanden die Straßenkünstler geschmacklos und haben sie vom Platz verbannt."

„Interessant. Warum sind sie dann wieder da?", fragt Jason.

Bruce zuckt mit den Schultern. „Man kann nicht gegen Glücklichkeit regieren. Die Leute lieben das hier. Und ehrlich gesagt, es gehört einfach zur Stimmung."

Sie biegen um die Ecke und stehen plötzlich vor einem riesigen Feld mit rechteckigen Betonblöcken, die in einem regelmäßigen Raster angeordnet sind. Die Blöcke sind unterschiedlich hoch, einige reichen kaum über den Boden hinaus, während andere über zwei Meter in die Höhe ragen. Von außen wirkt die Anordnung geordnet und klar strukturiert.

Richard bleibt stehen. „Was ist das?"

Bruce antwortet leise: „Das ist das Denkmal für die ermordeten Juden Europas."

Jason schaut auf die gleichmäßigen Reihen der Stelen. „Was sollen diese Betonblöcke darstellen?"

„Das ist Teil des Konzepts. Es gibt keine eindeutige Erklärung. Manche sagen, es symbolisiert ein Labyrinth. Andere denken, die unterschiedlich hohen Stelen und der abfallende Boden zeigen, wie verwirrend und beängstigend die Zeit des Holocausts war."

Sie gehen langsam zwischen den Stelen hindurch. Der Boden **fällt** unter ihren Füßen **ab**, die Wände werden höher. Der Boden zwischen den Blöcken ist **uneben** und fällt zur Mitte hin ab, sodass man beim Hineingehen **allmählich** von den grauen Wänden umgeben ist. Im Inneren entsteht ein Gefühl der Orientierungslosigkeit und Stille.

„Ich fühle mich irgendwie unwohl hier...“, sagt Jason.

Bruce nickt. „Das ist gewollt. Das Denkmal soll nicht schön oder angenehm sein. Man soll sich an die Millionen Menschen erinnern, die von den Nationalsozialisten verfolgt und ermordet wurden, nicht nur wegen ihres Glaubens, sondern weil sie nach ihrer Herkunft oder Abstammung als jüdisch galten.“

„So viele. Und das mitten in Europa...“, denkt Richard laut.

„Ja. Deshalb steht es auch hier, im Herzen Berlins. Damit man es nicht vergisst“, sagt Bruce.

Die Jungs schweigen eine Weile. Nur das Echo ihrer Schritte ist zu hören.

Jason zeigt plötzlich auf einen Mann. „Wartet! Der sieht aus wie der Typ, der Richard bestohlen hat!“

Bruce ruft laut: „Halt! Dieb!“

Die drei beginnen die Verfolgung. Der **Verdächtige** rennt in den Tiergarten. Er blickt zurück und bemerkt den Brunnen vor sich nicht. Er stolpert und fällt hinein. Ein Polizeibeamter, der die Szene gesehen hat, eilt herbei, um zu helfen.

„Alles in Ordnung hier?“, fragt der Polizist.

„Nein, das ist der Mann, der unseren Freund bestohlen hat!“, sagt Bruce.

Wassertropfen rinnen dem Dieb über das Gesicht, als der Polizist ihm ruhig die Handschellen anlegt. Der Polizeibeamter hilft, die gestohlenen Sachen zurückzugeben. Die Freunde füllen ein paar Formulare aus und der Polizist geht weiter.

„Bruh. I’m hungry“, sagt Richard.

„Ich habe auch Hunger. Lasst uns etwas essen gehen. Wie wäre es mit dem Potsdamer Platz? Das ist ganz in der Nähe“, sagt Bruce.

„Was heißt ‚ganz in der Nähe‘? Kann ich ihn von hier aus sehen?“, fragt Richard.

„Nicht von hier, aber es ist nicht weit. Google sagt, es sind nur sieben Minuten zu Fuß“, sagt Bruce.

„Zeig mir den Weg, Herr Fremdenführer!“, sagt Richard.

Die Freunde machen sich auf den Weg zum Potsdamer Platz, um den ereignisreichen Tag mit einem wohlverdienten Abendessen abzuschließen. Sie sitzen lachend und erleichtert am Tisch im Restaurant, während sie versuchen, Richard noch einmal zu erklären, wie man Essen in einem Restaurant bestellt.

Kapitel 8 - Wortschatzliste

Deutsch	Englisch
abfallen	to slope
abwenden	to avert, deflect, stave off
allmählich	gradually
bedauerlich	deplorable
beherrschen	to dominate, rule, command
bezähmen	to tame, restrain
die Gewaltherrschaft, -en	tyranny
das Mahnmal, -e	memorial
der Straßenkünstler, -	street performer
überqueren	to cross
uneben	uneven
unterirdisch	underground
der Verdächtige, -n	suspect
die Verletzlichkeit, -en	vulnerability
das Vorspiel, -e	prelude
der Widerstand, -̈e	resistance

ABENDESSEN-DESASTER

Bruce, Jason und Richard sitzen im Restaurant am Potsdamer Platz, wo die drei Freunde gerade Platz genommen haben und auf ihre Bestellung warten. Die drei warten gespannt. Es duftet nach Essen, aber irgendetwas riecht auch leicht verbrannt.

Über ihnen leuchtet das Dach des Sony Centers in verschiedenen Farben. Es sieht fast aus wie ein riesiger Regenschirm aus Glas und Stahl.

„Das Dach ist beeindruckend", sagt Jason. „Ich habe gelesen, dass es nachts die Farbe ändert."

„Ja", sagt Bruce. „Das Sony Center wurde um die Jahrtausendwende gebaut. Früher war hier alles leer, ein Niemandsland zwischen Ost und West."

„Als wir reingekommen sind, habe ich dieses alte Gebäude hinter Glas gesehen. Was war das?" fragt Jason.

„Das war ein Teil vom alten Hotel Esplanade", erklärt Bruce. „Vor dem Krieg war das eines der bekanntesten Hotels in Berlin. Als sie das Sony Center gebaut haben, wollten sie ein Stück Geschichte **bewahren**."

„Sie haben das einfach so stehen lassen?" fragt Jason.

„Nicht ganz", sagt Bruce. „Den Kaisersaal, also den alten Festsaal, haben sie auf Schienen verschoben, ungefähr fünfundsiebzig Meter, damit er an dieser Stelle bleiben konnte."

„They moved half a building?", fragt Richard.

Bruce nickt. „Berlin ist eben eine Stadt, die Altes und Neues nebeneinander zeigt. Das ist genau das, was sie so interessant macht."

Ein schlanker Mann mit **struppigem** Bart und **zerzausten** braunen Haaren kommt zum Tisch.

„Guten Abend, meine Herren. Was darf ich Ihnen bringen?", fragt der Kellner mit schriller Stimme.

„Ich hätte gerne ein Schnitzel mit Pommes, bitte", bestellt Jason.

„Sicher, eine große Portion, nehme ich an?", sagt der Kellner mit einem komischen Lächeln.

„Ja, bitte", sagt Jason verwirrt.

„Keine Sorge, wir haben genug für alle. Vielleicht hätten Sie auch gerne einen Salat?", fragt der Kellner mit demselben komischen Lächeln.

„Nein. Nur das Schnitzel und die Pommes", sagt Jason.

„Etwas zu trinken? Vielleicht einen Milchshake?", fragt der Kellner.

„Nein. Ein Berliner Pilsner, bitte."

„Ich nehme den Bratwurstteller mit Sauerkraut und Kartoffelpüree", sagt Bruce, froh, das peinliche Gesprächsthema wechseln zu können.

„Natürlich, für Sie würde ich alles machen", blinzelt der Kellner Bruce zu.

„Danke...", sagt Bruce.

„I'll have the same, please", sagt Richard.

Der Kellner neigt den Kopf verwundert zur Seite. „Hä? Was war das? Entschuldigung, ich verstehe nicht. Können Sie das auf Deutsch sagen?"

„Ich... nehme... das Gleiche... bitte", versucht Richard.

„Sehr gut, aber bitte nächstes Mal auf Deutsch, ja?", sagt der Kellner.

Der Kellner geht und die Jungs schauen sich verwirrt an.

„Täusche ich mich oder ist unser Kellner etwas komisch?", fragt Jason.

„Sehr komisch. Ich denke, er macht mich an", sagt Bruce.

„The waiter is turning you on?", fragt Richard verwirrt?

„Nein, er macht mich an. Er versucht, mit mir zu flirten", erklärt Bruce.

„Und er macht sich über mein Gewicht lustig. ‚Sicher, eine große Portion, nehme ich an?‘“, ahmt Jason nach.

„Und er **beleidigt** Richard, weil er kein Deutsch spricht. Hoffentlich ist das Essen besser als die Bedienung“, sagt Bruce.

Der Kellner kommt mit den Getränken zurück.

„Hier sind Ihre Getränke, meine Herren.“ Er stolpert und **verschüttet** Bier auf Jasons Schoß.

Jason springt auf und schreit entsetzt: „Hey!“

Der Kellner versucht **unbeholfen**, Jasons Schoß mit einem Handtuch trocken zu **tupfen**.

„Oh, tut mir leid! Ich werde das sofort reinigen.“

„Hör auf! Das reicht!“, sagt Jason verärgert.

Der Kellner wendet sich an Bruce und lächelt. „Ist bei Ihnen auch etwas verschüttet?“

„Nein, alles in Ordnung. Bringen Sie ihm bitte ein neues Bier und unser Essen“, sagt Bruce schnell.

Kurze Zeit später kehrt der Kellner mit dem Essen zurück. Das Schnitzel ist außen pechschwarz und qualmt leicht.

„Das ist verbrannt!“, schreit Jason.

Der Kellner schüttelt den Kopf. „So wird es immer serviert."

„Das glaube ich Ihnen nicht. Ein Schnitzel sollte goldbraun frittiert werden. Das ist komplett schwarz! Ich möchte den Manager sprechen."

Der Kellner blickt sich panisch um, späht in alle Ecken des Raumes und ruft: „Sie werden mich nie lebend kriegen!"

Dann reißt er sich die **Schürze** vom **Leib**, wirft sie auf den Boden und rennt davon. Einen Moment später taucht ein anderer Kellner auf, als wäre nichts passiert.

„Guten Abend, meine Herren. Verzeihung für die lange Wartezeit. Es gibt heute Abend viel im Restaurant los. Kann ich Ihre Bestellung aufnehmen?", sagt der neue Kellner.

„Was? Wir haben schon unser Essen bestellt. Wir haben Getränke bekommen. Sein Essen wurde verbrannt. Wer war der Typ, der gerade weggelaufen ist?", fragt Bruce.

„Keine Ahnung, wovon Sie reden", sagt der neue Kellner.

„Wenn er nicht der Kellner war, woher hat er die Getränke und das Essen bekommen?", fragt Jason.

„Denk lieber nicht darüber nach! Es gibt keine gute Antwort darauf", sagt Bruce zu Jason. Dann wendet er sich an den neuen Kellner: „Ich nehme den Bratwurstteller."

„Das Schnitzel, bitte", sagt Jason.

„Ich nehme das Gleiche, bitte", bestellt Richard.

Der neue Kellner nickt und geht zurück in die Küche.

„Was zur Hölle war das gerade?", fragt Jason.

„Keine Ahnung, aber ich hoffe, das nächste Essen wird besser", sagt Bruce.

Die Jungs sitzen noch am Tisch, lachen über das Chaos und tauschen verwirrte Blicke aus. Nach dem Essen warten sie lange, bis Bruce endlich merkt, dass man in Deutschland die Rechnung aktiv bestellen muss.

Also hebt Bruce die Hand und sagt: „Entschuldigung, könnten wir bitte die Rechnung bekommen?"

Auf dem Weg zurück zum Hotel müssen die Jungs am Bahnhof **umsteigen**. Richard bleibt plötzlich stehen, legt die Hand auf den Bauch und sagt: „Okay, stopp. Toilette. Wo ist sie? Jetzt."

Sie folgen den Schildern mit dem blauen WC-Symbol und kommen zu einem kleinen **Bereich** mit Drehkreuzen und einem Automaten darüber.

Richard runzelt die Stirn. „Was ist das? Es kostet Geld, um zu pinkeln?"

Bruce nickt. „Ja, das ist normal in Deutschland. Meistens kostet es so fünfzig Cent."

„You've gotta be kidding me", sagt Richard.

Jason grinst. **„Öffentliche** Toiletten werden hier sauber gehalten, weil man bezahlt. Das Geld geht an die Reinigung."

„Is there a guy who dries my hands like at the country club?" fragt Richard während er seine Münzen sucht.

Er wirft fünfzig Cent in den Automaten, das **Drehkreuz** klickt und er verschwindet im Inneren.

Bruce und Jason werfen ihre Münzen auch hinein und folgen Richard.

Drinnen ist alles hell, sauber und riecht leicht nach Zitrone. Ein Mitarbeiter wischt gerade den Boden.

Jason sieht sich um und sagt: „Wow, das ist wirklich sauber. Ich glaube, jetzt verstehe ich, warum man bezahlen muss"

Bruce nickt. „Ja, in Deutschland sind öffentliche Toiletten meistens sauber, weil sie regelmäßig geputzt werden. Das kostet natürlich Geld."

„Stimmt", sagt Jason. „In den USA würde niemand bezahlen, aber dann wäre es wahrscheinlich auch dreckig. Ich habe einmal eine Toilette in der U-Bahn in New York benutzt. Das mache ich nie wieder."

Bruce lacht leise. „Genau. Sauberkeit hat ihren Preis. Und Deutsche mögen Sauberkeit."

Sie waschen sich die Hände und machen sich wieder auf den Weg zum Hotel.

Kapitel 9 - Wortschatzliste

Deutsch	Englisch
beleidigen	to insult
bewahren	to conserve, reserve
das Drehkreuz, -e	turnstile
das Leib, -er	body
öffentlich	public
die Schürze, -n	apron
struppig	shaggy
tupfen	to tap
unbeholfen	clumsy, awkward
umsteigen (stieg um, umgestiegen)	to transfer (train)
verschütten	to spill
zerzaust	unkempt

Fahrradtour ins Chaos

In einer gemütlichen Berliner Bäckerei stehen Bruce, Jason und Richard vor dem **Schaufenster** und überlegen sich, was sie zum Frühstück bestellen möchten.

Eine große, schlanke, braunhaarige Bäckerin kommt zum Schalter und sagt: „Guten Morgen! Was darf es sein?"

Bruce bestellt zuerst. „Ich hätte gerne eine **Zimtschnecke** und einen kleinen Kaffee, bitte."

„Milch und Zucker?", fragt sie.

„Nein, danke. Einfach einen schwarzen Kaffee, bitte", antwortet Bruce.

„Für mich ein Käsestangerl und einen Orangensaft, danke", sagt Jason.

Richard schaut nervös durch das Schaufenster und sagt: „Uh… Das da."

„Einen Donut? Sehr gut. Etwas zu trinken?", fragt die Bäckerin.

„Ein Wasser", antwortet Richard.

„Eine Flasche Wasser. Kommt sofort!"

Die Jungs sitzen und genießen ihr Frühstück.

„Also, was habt ihr heute vor? Ich dachte, es wäre cool, eine Fahrradtour durch Berlin zu machen", schlägt Bruce vor.

Richard nimmt einen Schluck Wasser, runzelt seine Stirn und sagt: „Igitt. Warum gibt es Bubbeln in meinem Wasser?“

„Mineralwasser enthält normalerweise **Kohlensäure**. Das ist ein **Sprudelwasser**. Viele Menschen in Deutschland mögen das so“, erklärt Bruce.

„Das mag ich nicht“, meckert Richard.

Bruce ignoriert ihn und sagt: „Also, eine Fahrradtour durch Berlin. Wollen wir eine machen?“

„Fahrradtour? Bei dem Wetter? Bruh. It's finna rain“, sagt Richard.

„Außerdem bin ich nicht so begeistert von der Idee, durch die ganzen Straßen hier zu fahren. Es ist ziemlich chaotisch. Wir müssten auf der Straße fahren. Mit den Autos. In einer Stadt mit 3 Millionen Einwohnern und zahllosen Touristen“, sagt Jason besorgt.

„Keine Sorge, Jungs! Es gibt eine geführte Tour mit Fat Tire Bike Tours. Man sieht viele Sehenswürdigkeiten und die Fahrt ist ganz entspannt“, beruhigt Bruce.

„Und wie viel kostet das?“, fragt Richard.

„Nur 65 Euro pro Person“, lächelt Bruce.

„Bruh. Ich habe fast kein Geld. Lass uns etwas Billigeres finden", sagt Richard.

„Bruce, hast du eine andere Idee?", fragt Jason.

„Na klar! Wir könnten Fahrräder vom Nextbike mieten. Die sind viel günstiger", sagt Bruce.

„Klingt besser. Aber wenn es anfängt zu regnen, wird das nicht so cool", sagt Richard und **verschränkt** die Arme.

„Ach, es wird nicht so schlimm sein. Es wird wahrscheinlich nicht regnen. Also, seid ihr dabei?", fragt Bruce.

„Na gut... aber ich bin nicht begeistert von den vollen Straßen", sagt Jason.

Die Jungs beenden ihr Frühstück und gehen zu einer Nextbike-Station, um Fahrräder zu mieten. Kurz darauf fahren sie durch die Straßen Berlins. Am Anfang scheint die Sonne, aber am Himmel sammeln sich schon dunkle Wolken.

Bruce überlässt Jason die Führung und ruft ihm zu, dass er die Richtung angeben soll. Jason zögert kurz, wirft einen Blick auf die Karte und ruft dann: „Jetzt nach links!"

Die Jungs biegen ab und radeln los, vorbei an einigen der bekanntesten Sehenswürdigkeiten Berlins.

„Schaut mal, da ist das Brandenburger Tor! Echt cool, oder?“, ruft Bruce.

„Ja, nicht schlecht. Aber ich mag diese Wolken nicht“, sagt Richard.

„Jetzt geradeaus, Jungs. Der Reichstag ist gleich da vorne“, sagt Jason.

„Das Gebäude ist beeindruckend. Wir müssen irgendwann noch eine Tour machen“, sagt Bruce.

„Jetzt müssen wir rechts abbiegen. Biegt rechts ab! Und seht mal! Der Tiergarten liegt vor uns. Es ist eine riesige grüne Oase mitten in der Stadt“, sagt Jason

Sie fahren in den Tiergarten, als die ersten Regentropfen fallen.

Richard wirft einen Blick auf den Himmel und sagt: „Was habe ich gesagt? Es fängt an zu regnen!“

„Keine Panik. Wir finden schon irgendwo Unterschlupf“, sagt Bruce.

„Da vorne, bei der Siegessäule! Es gibt Tunnel unter der Straße. Wir können dort warten, bis der Regen aufhört“, schlägt Jason vor.

Die Jungs fahren zur Siegessäule, während dunkle Wolken den Himmel verdunkeln. Nasse Blätter glitzern auf dem Boden. Jasons Fahrrad rutscht ein Stück zur Seite und er kippt fast um, fängt sich aber im letzten Moment wieder.

„Boah, das war knapp!", ruft er und fährt vorsichtiger weiter.

Die Jungs steigen ab, schieben ihre Fahrräder vorsichtig die steilen Treppen hinunter und flüchten in die unterirdischen Tunnel, die unter der Straße verlaufen. Der Regen prasselt nun heftig auf den Asphalt, aber im Tunnel ist es trocken und ruhig.

„Was habe ich gesagt? Was habe ich gesagt?", fragt Richard frustriert.

„Ja. Ja. Das Wetter ist echt mies", stimmt Bruce zu.

„Aber schaut mal! Man kann sogar die Siegessäule **besteigen**! Wollen wir das machen?", fragt Jason.

„Klingt nach einem Plan! Es kostet nur ein paar Euro, und wir können die Aussicht genießen, bis der Regen aufhört", sagt Bruce.

Die Jungs zahlen den Eintritt und beginnen den Aufstieg zur Aussichtsplattform der Siegessäule. Stufe um Stufe arbeiten sie sich nach oben, bis sie schließlich außer Atem, aber zufrieden, oben ankommen.

In diesem Moment hört der Regen endlich auf und die Sonne bricht durch die Wolken. Vor ihnen breitet sich der Tiergarten in sattem Grün aus, glänzend vom Regen.

In der Ferne erkennen sie das Brandenburger Tor, den Reichstag und den Fernsehturm. Ein leichter Wind weht, und für einen kurzen Moment genießen die drei einfach nur die Aussicht und die Ruhe über der Stadt.

„Wow, die Aussicht ist unglaublich! Man sieht den gesamten Tiergarten und die Stadt **drumherum**", sagt Bruce.

„Und es regnet nicht mehr", sagt Richard.

„Vielleicht war die Fahrradtour doch keine schlechte Idee", lächelt Jason.

„Also, wohin wollen wir zunächst fahren?", fragt Bruce.

„Mittagessen?", fragt Jason.

„Döner?", fragt Richard.

„Döner", stimmt Bruce zu.

Die Jungs lachen und genießen den Ausblick, bevor sie sich auf den Rückweg machen.

Kapitel 10 - Wortschatzliste

Deutsch	Englisch
besteigen	to climb, ascend
drumherum	around it, surrounding
die Kohlensäure	carbonation
das Schaufenster, -	display window
das Sprudelwasser	sparkling water
verschränken	to cross (one's arms)
die Zimtschnecke, -n	cinnamon roll

Nachmittag bei Checkpoint Charlie

Die Jungs sitzen beim Mittagessen in einem Dönerladen. Sie essen ihre frisch gemachten Döner und unterhalten sich über ihre Pläne für den Nachmittag.

„Also, Jungs, was wollen wir heute Nachmittag sehen?“, fragt Bruce?

„Ich hab da eine Idee. Wie wäre es, wenn wir das Checkpoint Charlie Museum besuchen?“, schlägt Jason vor.

„Checkpoint Charlie? Was ist das?“, fragt Richard neugierig.

„Checkpoint Charlie war ein **Grenzübergang** zwischen Ost- und West-Berlin, als die Stadt während des Kalten Krieges durch die Berliner Mauer geteilt war. Es war der Ort, an dem die Amerikaner und Sowjets sich direkt gegenüberstanden. Viele berühmte Fluchtversuche passierten hier“, erklärt Bruce.

Richard runzelt die Stirn. „Eine Mauer? Mitten in Berlin?“

„Du kennst die Berliner Mauer nicht? ,Mr. Gorbachev, tear down this wall!‘“, sagt Bruce in seiner besten Ronald-Reagan-Stimme.

„I thought that was a metaphor in that speech“, sagt Richard.

„Ja. Es war eine Metapher, aber es gab auch eine echte Mauer aus Beton und Metall. Zwischen 1961 und 1989 hat diese Mauer und die Politik darum viel **Ärger** in Deutschland und der ganzen Welt **verursacht**", erklärt Bruce.

„Interessant. Ich möchte mehr darüber lernen", sagt Richard.

„Gut. Es gibt ein Museum in der Nähe des ehemaligen Checkpoint Charlies, das die Geschichte der Berliner Mauer und viele Fluchtgeschichten zeigt. Ich denke, das wäre echt interessant", sagt Jason.

„Klingt gut! Wie kommen wir dahin?", fragt Richard.

„Mal sehen, was Google dazu sagt. Wir können den Bus nehmen. Zuerst die Buslinie 100 und dann am Lützowplatz in die Linie M29 umsteigen. Das sollte uns direkt dorthin bringen", erklärt Bruce.

„Na gut, not zu Fuß, bitte. Mein Döner... too big. Meine Beine tun weh", sagt Richard.

Bruce lacht. „Nicht schlecht! Dein Deutsch wird besser."

„Your skills are rubbing off on me", sagt Richard stolz.

Die Jungs beenden ihr Mittagessen und machen sich auf den Weg zur nächsten Bushaltestelle. Zuerst müssen sie ihre Fahrräder an der Nextbike-Station neben der Bushaltestelle abstellen. Sie steigen in die Buslinie 100 ein. Im Bus sitzen die Jungs auf den hinteren Plätzen, während sie durch die Berliner Straßen fahren.

„Schau mal, Bruce! Da ist die Siegessäule! Wir waren doch gerade da oben", sagt Jason.

„Ja, die Aussicht war großartig. Berlin hat echt so viel Geschichte. Und heute tauchen wir noch tiefer in die Vergangenheit ein", sagt Jason.

„Are we there yet?", fragt Richard.

„Wir müssen am Lützowplatz umsteigen, also noch ein bisschen Geduld, Richard", sagt Bruce.

Der Bus hält am Lützowplatz, und die Jungs steigen in die Linie M29 um. Ein paar Minuten später stehen sie vor dem berühmten Grenzübergang, wo Touristen Fotos machen und sich die Umgebung ansehen.

In der Mitte der Straße gibt es eine Kontrollstelle, genau wie in der Zeit des **Kalten Krieges**. Vor der Kontrollstelle stehen zwei Schauspieler, die sich als Soldaten verkleidet haben und Fotos mit den Touristen machen.

„Willkommen am Checkpoint Charlie! Hier verlief die Grenze zwischen dem amerikanischen Sektor im Westen und dem sowjetischen Sektor im Osten", sagt Bruce und zeigt nach Westen und Osten.

Bruce zeigt auf die berühmte Kontrollhütte und sagt:
„Hier wurde früher entschieden, wer von Ost nach West
durfte. Es war einer der wichtigsten Kontrollpunkte
während des Kalten Krieges. Die Berliner Mauer teilte
die Stadt in zwei Hälften. Die Westdeutschen hatten viel
mehr Freiheit, während die Ostdeutschen unter strenger
Kontrolle standen."

„Und viele Menschen versuchten, von Ost nach West zu
fliehen. Es gibt so viele Geschichten von Fluchtversuchen,
von denen einige tragisch endeten, aber viele waren auch
unglaublich mutig", erklärt Jason.

„So does the museum have an English guide? Cuz y'all are
losing me with this history vocab", sagt Richard.

„Natürlich. Du bist nicht der einzige Amerikaner, der
nach Deutschland kommt, ohne im Deutschunterricht
zuzuhören", lacht Jason.

„Ich hasse dich", **schimpft** Richard sarkastisch.

„Dieses Museum ist sehr **faszinierend**. Es zeigt, wie
Menschen mit selbstgebauten Flugzeugen, Tunneln und
sogar Ballons versucht haben, die Grenze zu überqueren",
sagt Bruce.

Sie betreten das Museum und gehen durch die ruhigen
Ausstellungsräume. Die Atmosphäre ist still und ernst.

Für einen Moment schauen alle schweigend auf die Bilder der geteilten Stadt. Die Jungs sehen Originalstücke der Berliner Mauer, alte Fotos von Fluchtversuchen und Berichte von Menschen, die in Ost- und West-Berlin lebten.

Auf einer Tafel sehen sie alte Fotos von der Mauer. Jason runzelt die Stirn. „Das muss wirklich hart gewesen sein", sagt er leise.

In einer Vitrine liegt ein alter **Ausweis**. An der Wand hängen Bilder von Tunneln und Fluchtfahrzeugen. Die Jungs lesen Texte über das Leben mit der Mauer, über Kontrolle und Angst, aber auch über Mut und Hoffnung.

Sie sprechen kaum miteinander, sondern nehmen sich Zeit, alles in Ruhe anzusehen. Nach dem Museumsbesuch treffen sie sich wieder draußen.

„Das war echt krass. I had no idea all of this happened after World War II", sagt Richard.

„Ja, das ist wirklich beeindruckend. Und was ich besonders spannend fand, war die East Side Gallery. Sie haben Bilder davon gezeigt. Es ist ein Teil der Mauer, der heute mit Kunst **bedeckt** ist", sagt Jason.

„Das sollten wir uns unbedingt anschauen. Die East Side Gallery ist ein Symbol für Freiheit und die

Wiedervereinigung. Es wäre der perfekte nächste Stopp. Sie ist auch nicht weit von hier", schlägt Bruce vor.

„Und hoffentlich gibt's auf dem Weg dorthin noch einen Döner", sagt Richard mit einem breiten Grinsen.

„Haha, Richard. Immer nur ans Essen denken", lacht Jason.

„Dann los, auf zur East Side Gallery!", ruft Bruce.

Kapitel 11 - Wortschatzliste

Deutsch	Englisch
der Ärger	trouble, conflict
der Ausstellungsraum, ¨e	exhibition rooms
der Ausweis, -e	identification card
bedecken	to cover
faszinierend	fascinating
fliehen (floh, ist geflohen)	to flee
der Grenzübergang, -¨e	border crossing
der Kalte Krieg	the Cold War
verursachen	to cause

Begegnung an der East Side Gallery

Die Freunde spazieren am Fluss entlang, bis sie die bunten Mauern der East Side Gallery erreichen. Die bemalte Mauer **erstreckt sich** über mehr als einen

Kilometer und zeigt Hunderte von Kunstwerken aus der ganzen Welt.

Jedes Bild erzählt seine eigene Geschichte von Freiheit, Hoffnung, Protest oder Wiedervereinigung. Zwischen den Bildern sieht man auch Graffiti und Unterschriften von Besuchern aus aller Welt. Die bunten Farben leuchten in der Sonne und überall bleiben Menschen stehen, um Fotos zu machen.

Jason zeigt auf verschiedene Gemälde und erklärt die Hintergründe. „Die East Side Gallery ist der längste zusammenhängende Mauerabschnitt und auch die längste Open-Air-Galerie der Welt. Direkt nach dem Fall der Mauer 1989 haben Künstler aus der ganzen Welt angefangen, die Ostseite zu bemalen.“

„Echt? Das ging ja schnell“, sagt Richard.

„Ja, aber die Grenzsoldaten der DDR haben die ersten Bilder am Potsdamer Platz gleich wieder **überstrichen**. Zum Glück hatte ein Künstler namens David Monty die Idee, die Mauer zur größten Galerie der Welt zu machen“, erklärt Jason weiter.

„Und das hier war sein Plan?“, fragt Bruce.

„Genau. Zusammen mit anderen Künstlern haben sie 1990 die East Side Gallery **eröffnet**, um ihre Freude über den Mauerfall und ihre Hoffnung für Frieden und Freiheit auszudrücken", erweitert Jason.

„Und jetzt ist sie ein Denkmal?", fragt Bruce.

„Ja, seit 1991. Heute ist sie eines der letzten Stücke der Berliner Mauer, die an ihrem **ursprünglichen** Standort erhalten sind. Jetzt ist sie ein Symbol für Freiheit und Frieden", sagt Jason.

„Bruh, warum küssen sich die Männer?", sagt Richard und runzelt die Stirn.

„Ja, das ist das berühmte Bild ‚Der Bruderkuss'. Ich weiß wirklich nicht so viel darüber. Es sind zwei Politiker. Mehr weiß ich leider nicht", sagt Jason und zuckt mit den Schultern.

Eine junge Frau mit langen blonden Haaren hört die Unterhaltung und dreht sich um. „Entschuldigung, ihr meint das Gemälde von Erich Honecker und Leonid Breschnew, oder?"

„Ja, genau! Weißt du mehr darüber?", fragt Bruce aufgeregt.

„Ja, das Bild zeigt die beiden Politiker beim sogenannten sozialistischen Bruderkuss. Es wurde gemalt, um die enge, aber auch problematische **Beziehung** zwischen der DDR und der Sowjetunion zu symbolisieren", erklärt die Frau.

„Ich finde das cool, aber ich habe Hunger", grinst Richard.

„Dann habt ihr Glück. Es gibt ein tolles Restaurant in der Nähe: Panther. Es serviert traditionelle deutsche Gerichte. Ich kann euch den Weg zeigen, wenn ihr möchtet", schlägt die Frau vor.

„Das wäre großartig, danke!", sagt Bruce.

Die Gruppe geht die Straße entlang und die Frau erzählt von sich. „Ich heiße Lina. Ich studiere Kunstgeschichte und liebe es, solche Orte zu besuchen. Morgen plane ich, Schloss Sanssouci in Potsdam zu besuchen."

„Was ist das?", fragt Richard neugierig.

„Das ist ein wunderschönes Schloss mit beeindruckenden Gärten. Es war die Sommerresidenz von Friedrich dem Großen", sagt Lina.

„Klingt toll. Ich komme mit", sagt Richard begeistert.

Bruce und Jason rollen mit den Augen.

„Vielleicht können wir alle zusammen gehen", schlägt Bruce vor.

„Ja. Das wäre toll. Dann können wir uns besser kennenlernen", sagt Lina.

Sie laufen noch ein Stück weiter und staunen über die vielen Farben und Formen. Am Ende der Galerie bleiben sie kurz stehen und genießen den Blick auf die Spree.

„Komm, wir gehen weiter", sagt Lina. „Die Oberbaumbrücke ist gleich da vorne. Sie ist eine der schönsten Brücken Berlins."

Die rote Backsteinbrücke mit ihren zwei Türmen sieht fast aus wie ein kleines Schloss. Sie überqueren die Spree und spazieren weiter in Richtung Restaurant.

Die Gruppe setzt sich an einen Tisch und studiert die Speisekarte. Ein Kellner mit langen braunen Haaren kommt zum Tisch.

„Guten Abend! Möchten Sie etwas trinken?", fragt der Kellner.

„Ein Helles, bitte", sagt Bruce.

„Für mich eine **Apfelschorle**", bestellt Jason.

„Ein Bier... äh, Dunkles?", versucht Richard langsam.

„Sehr gut. Kommt sofort!", antwortet der Kellner.

Nach kurzer Zeit bringt der Kellner die Getränke und nimmt die Essensbestellung auf.

„Was möchten Sie essen?", fragt der Kellner.

„Ich nehme den Panther-Salat, bitte", sagt Lina.

„Bist du Vegetarierin?", fragt Bruce.

„Ja, aber es stört mich nicht, wenn andere Fleisch essen. Ich finde es einfach gesünder, vegetarisch zu essen", erklärt Lina.

„Für mich die knusprige **Entenbrust** mit Rotkohl und Kartoffelklößen", bestellt Bruce.

„Ich hätte gerne das Wiener Schnitzel mit Pommes", sagt Jason.

„Einen Burger, bitte", sagt Richard kurz.

„Sehr gut. Mit Pommes?", fragt der Kellner.

„Natürlich", antwortet Richard.

„Das Essen kommt gleich", sagt der Kellner und geht zurück in die Küche.

„Wirklich, Richard? Einen Burger? Du bist ja in Deutschland. Du solltest etwas Deutsches essen", sagt Bruce.

„Das ist ein deutscher Burger mit deutschen Pommes“, entgegnet Richard.

„Naja. Zumindest trinkst du ein deutsches Bier“, lacht Jason.

Als die Gruppe ihr Essen bekommt, nimmt Richard die Tomaten und Zwiebeln von seinem Burger. Er findet die Pommes sehr lecker, aber der Burger ist etwas trocken. Bruce lacht und Jason fragt, ob Richard die Chicken Nuggets beim nächsten Mal bestellen möchte. Die Gruppe isst und unterhält sich eine Weile weiter im Restaurant.

„Lina, hast du einen Lieblingskünstler oder ein Lieblingsgemälde von der East Side Gallery?“, fragt Bruce.

„Ja, ich mag das Gemälde ‚Test the Rest‘. Es zeigt einen Trabant, der durch die Mauer bricht. Es symbolisiert den Wunsch nach Freiheit“, antwortet sie.

„Das ist auch eines meiner Lieblingsbilder. Bruce, weißt du, was ein Trabant ist?“, fragt Jason.

„Ein komisches Auto? Ich weiß, wie er aussieht, aber ich weiß nicht, welche Marke ihn gebaut hatte“, sagt Bruce.

„Der Trabi wurde in der DDR produziert. Er war bekannt für seine einfache Konstruktion, seinen Zweitaktmotor und seine **Karosserie** aus **Duroplast**, einem Kunststoff. Der Trabant war das typische Auto im Osten und für viele ein Symbol des Lebens in der DDR. Heute gilt er als Kultobjekt und ist ein beliebtes **Andenken** an diese Zeit", erklärt Jason.

„Man kann sogar einen Trabi mieten und in der Stadt herumfahren. Das nennt man ‚Trabi Safari'. Diese Firma hat Trabis so **lackiert**, dass sie so wie Tiere aussehen. Zebrastreifen, Giraffenflecken und so weiter", erweitert Lina.

„Ich mag auch das **Zitat** an der Mauer: ‚Viele kleine Leute, die in vielen kleinen Orten viele kleine Dinge tun, können das Gesicht der Welt verändern.'", sagt Jason.

„Genau. Alleine können Menschen nicht viel machen, aber zusammen können wir Berge versetzen", stimmt Lina ihm zu.

Richard versucht, relevant im Gespräch zu sein und sagt: „Ich finde das Essen hier und unsere Begleitung besser als Kunst."

„Danke, Richard. Ihr seid auch sehr nett und ich habe heute Abend viel Spaß gehabt", sagt Lina.

Nach dem Essen stehen sie auf und gehen Richtung Ausgang.

„Also, treffen wir uns morgen früh am Hauptbahnhof?“,
fragt Bruce.

„Ja, lasst uns um neun Uhr dort treffen“, antwortet Lina.

„Klingt gut“, sagt Jason.

„Ich bin dabei“, sagt Richard.

Lina verabschiedet sich, und die Jungs gehen zurück ins
Hotel.

„Ich muss mehr Deutsch lernen. Ich will besser flirten
können“, sagt Richard.

„Viel Glück damit“, lacht Jason.

Kapitel 12 - Wortschatzliste

Deutsch	Englisch
das Andenken, -	souvenir, memento
die Apfelschorle, -n	apple spritzer
die Beziehung, -en	relationship
die Entenbrust, -"e	duck breast
das Duroplast	duroplast (plastic material used in the DDR)
sich erstrecken	to extend, stretch over
eröffnen	to open (an event, gallery, museum)
die Karosserie	body (of a car)
lackieren	to paint/coating (a vehicle)
überstreichen (überstrich, überstrichen)	to paint over
ursprünglich	originally
das Zitat, -e	quotation

Königlicher Ausflug nach Potsdam

Die drei Freunde und Lina treffen sich am **Bahnsteig** im Berliner Hauptbahnhof. Viele Menschen laufen hin und her. Ein Mann am Ende eines Bahnsteigs blickt auf seine Uhr und dann die Uhr am Bahnsteig. Er schimpft und fängt an, Richtung Zug zu rennen. Ein Junge mit ungefähr fünf Jahren rennt einer Taube hinterher und versucht, sie zu fangen, während seine Mutter auf ihrem Handy scrollt.

Bruce schaut auf die Anzeigetafel, seufzt und sagt: „Unser Zug hat **Verspätung**. Typisch Deutsche Bahn.“

Lina lacht. „Ja, das passiert öfter. Ihr könnt euch schon mal an ein paar wichtige Wörter gewöhnen: ,Verspätung‘ heißt ,delay‘ und **,Ersatzverkehr‘** bedeutet, dass ein anderer Zug oder ein Bus fährt.“

„How do I ask, if the train is coming at all?“, fragt Richard.

„Kommt der Zug noch, oder gibt es einen Ersatzverkehr?“, antwortet Lina.

Bruce sieht einen Angestellten und sagt: „Entschuldigung! Kommt der Zug noch, oder gibt es einen Ersatzverkehr?“

„Der Zug kommt bald. Das ist nur eine kurze Verspätung. Wenn der Zug nicht kommt, kommt in dreißig Minuten noch ein Zug nach Potsdam“, antwortet der Angestellte.

Nach einiger Wartezeit kommt der Zug und sie fahren nach Potsdam. Richard holt eine belegte Brezel aus seiner Tasche, die er heute Morgen in einer Bäckerei gekauft hat, und fängt an, sie zu essen.

Als sie im Potsdamer Hauptbahnhof ankommen, steigen sie in einen Bus ein. Nach kurzer Zeit hält der Bus vor einem Park und die Freunde steigen aus. Die Gruppe spaziert durch die Gärten von Schloss Sanssouci. Ein leichter Wind weht durch die Bäume und die Springbrunnen plätschern leise im Hintergrund.

„Schloss Sanssouci war die Sommerresidenz von Friedrich dem Großen. Es ist ein Meisterwerk des Rokoko-Stils und zeigt seinen Wunsch nach Ruhe und Schönheit", erklärt Lina.

„Friedrich der Große? War er ein Riese? Ich wusste, dass Riesen echt waren!", sagt Richard aufgeregt.

„Nein, du Depp. Riesen sind und waren nicht echt. Friedrich der Große war König von Preußen von 1740 bis 1786. Er war bekannt dafür, Reformen im Bildungswesen und in der Verwaltung **einzuführen**. Außerdem war er ein großer Förderer von Kunst, Musik und Philosophie. Er wird oft als einer der bedeutendsten Herrscher Preußens bezeichnet", sagt Bruce.

„Was ist der Unterschied zwischen einem Palast, einer Burg und einem Schloss?", fragt Jason.

„Ein Palast ist ein sehr großes, elegantes Gebäude für Könige oder wichtige Personen. Eine Burg ist eine alte Festung, die zum Schutz gebaut wurde. Und ein Schloss ist etwas dazwischen: schön wie ein Palast, aber nicht so stark wie eine Burg", antwortet Lina.

„Es ist ja schön hier. Wenn ich König wäre, würde ich auch gerne hier wohnen. Es ist so ruhig hier", sagt Jason leise. „Ganz anders als in Berlin."

„Schön, schön. Alles verstanden. Aber wo ist die nächste Bank? Ich brauche eine Pause", sagt Richard.

Die Gruppe setzt sich auf eine Bank, doch Richard wird von einem Straßenkünstler abgelenkt und läuft davon. Er läuft ein Stück weiter und sieht ein sehr großes Tor. Ohne etwas zu sagen, läuft er einfach weiter. Kurz danach landet er in der Lindt-Boutique und probiert begeistert verschiedene Pralinen.

„Möchten Sie eine unserer neuesten Sorten probieren?", fragt die Verkäuferin.

„Probieren?", fragt Richard.

„Would you like to sample our newest flavor?", fragt sie ganz langsam auf Englisch.

„Natürlich! Ich liebe Schokolade!", antwortet Richard begeistert.

Er probiert und kauft ein paar Pralinen. Er wollte natürlich mehr kaufen, aber er hat wenig Geld und muss auch Geld für einen Döner Kebab übrig haben.

Zwischendurch bemerkt die Gruppe, dass Richard verschwunden ist.

„Wo ist Richard hingegangen? Er war gerade hier. Richard ist immer unser kleines Rotkäppchen, das vom Weg abkommt und dem Wolf begegnen will", sagt Jason.

„Keine Sorge. Wir suchen ihn. Vielleicht ist er in der Nähe", sagt Lina.

Sie finden ihn schließlich am Potsdamer Brandenburger Tor.

„Da bist du ja! Was hast du die ganze Zeit gemacht?", ruft Bruce laut.

Richard zeigt stolz seine Schokolade. „Ich war einkaufen!"

„Was ist das für ein Tor?", fragt Jason.

„Das ist das Brandenburger Tor", antwortet Lina.

„Nein. Das Brandenburger Tor ist in Berlin. Das haben wir schon gesehen. Wir sind in Potsdam, nicht Berlin", sagt Jason **herablassend**.

„Es gibt zwei Brandenburger Tore. Dieses hier in Potsdam ist tatsächlich älter als das in Berlin", sagt Lina.

„Wie alt ist es?", fragt Jason.

„Es wurde 1770 erbaut, im barocken Stil, und war Teil der alten **Stadtbefestigung**. Friedrich der Große ließ es bauen, nachdem Preußen den Siebenjährigen Krieg gewonnen hatte. Es sollte an diesen Sieg erinnern und gleichzeitig ein repräsentatives Stadttor sein", erklärt Lina.

„Das macht Sinn. Und warum heißt es auch Brandenburger Tor?", fragt Jason.

„Weil es zum damaligen Zeitpunkt der Eingang zur Straße nach Brandenburg war, der Hauptstadt der gleichnamigen Provinz. Es war also tatsächlich das Tor in Richtung Brandenburg", sagt Lina.

„Also nichts mit dem Kalten Krieg oder der Teilung, wie in Berlin?", fragt Jason.

„Nein, gar nicht. Das Brandenburger Tor in Berlin wurde 1791 im Auftrag von König Friedrich Wilhelm II. erbaut. Es wurde im klassizistischen Stil gestaltet und sollte ursprünglich den Frieden symbolisieren, daher sein Name ‚Friedenstor'. Während des Kalten Krieges wurde es zu einem Symbol der Teilung, da es direkt an der Berliner Mauer lag und für viele Menschen unerreichbar war. Nach dem Fall der Mauer 1989 wurde das Tor zum Symbol der deutschen Einheit und Freiheit. Heute ist es eines der bekanntesten Wahrzeichen Deutschlands und ein zentraler Ort für Feierlichkeiten und Gedenkveranstaltungen. Dieses Tor hier in Potsdam ist dagegen eher ein Symbol für die Geschichte Potsdams und die Bedeutung der Stadt als Residenz der preußischen Könige“, erklärt Lina.

„Das sieht schöner aus als das in Berlin“, sagt Richard

„Das liegt am barocken Stil. Es ist weniger monumental, dafür viel detailreicher gestaltet“, sagt Lina.

Richard stützt das Kinn in der Hand und sagt: „Interessant. Du weißt so viel über alles. Das ist echt beeindruckend.“

„Ich studiere ja Kunstgeschichte an der Uni. Daher weiß ich etwas über Kunst und Geschichte“, lacht Lina.

„Also sind beide Tore bedeutend, aber aus völlig unterschiedlichen Gründen“, sagt Bruce.

„Genau! Das Tor in Berlin ist heute ein Symbol für Freiheit und Einheit, während dieses hier an den preußischen Sieg und die Architektur des 18. Jahrhunderts erinnert“, sagt Lina.

„Ich mag dieses mehr. Und jetzt? Wo gibt's was zu essen?“, fragt Richard mit einem Mund voller Schokolade.

Lina kennt ein kleines Restaurant ganz in der Nähe vom Brandenburger Tor. Es heißt *Brotmeisterei Steinecke*. Sie kaufen dort Sandwiches.

Bruce sagt zum Verkäufer: „Ich nehme das da mit Schinken und Käse, bitte.“

„Die **Stulle**?“, fragt der Verkäufer.

„Ja, genau“, antwortet Bruce.

„Stulle? Ist das nicht ‚chair‘ auf Englisch?“, fragt sich Richard, aber er sagt es laut genug, dass die anderen ihn hören.

„Nein. In Norddeutschland nennt man Sandwiches oder belegte Brote ‚Stullen‘. ‚Stuhl‘ ist das deutsche Wort für ‚chair‘“, sagt Lina

„Für mich ein vegetarisches Sandwich mit Tomaten und Mozzarella“, bestellt Jason.

„Das möchte ich auch“, sagt Lina.

„Das Gleiche wie Bruce“, sagt Richard und zeigt auf Bruce.

Sie setzen sich in den **Außenbereich** der Bäckerei und genießen ihre Stullen in der frischen Luft. Nach dem Essen gehen sie ins Eiscafé der Straße gegenüber und bestellen Dessert.

„Ich nehme einen Spaghettieis-Becher", sagt Lina.

„Für mich ein Schokoladenbecher", sagt Bruce.

„Ich nehme den Mocca-Becher", sagt Jason.

„Einfach Vanille", versucht Richard.

„Eine kleine oder große Portion?", fragt der Kellner.

„Eine kleine Portion", sagt Richard.

Die Gruppe sitzt zusammen, genießt das Eis und reflektiert über den Tag.

„Das war ein toller Ausflug. Morgen könnten wir etwas weniger Chaos haben, oder?", sagt Bruce.

„Mit euch? Das bezweifle ich", lacht Lina.

Während sie im Café sitzen, schaut Lina die Jungs an. „Wollt ihr heute Abend zu mir nach Hause kommen? Wir machen einen kleinen Kochabend. Anna und Mehmet werden auch da sein. Wir kochen zusammen und machen einen gemütlichen Abend."

„Gibt es auch Nachtisch?“, fragt Richard sofort. Alle lachen.

Kapitel 13 - Wortschatzliste

Deutsch	Englisch
der Außenbereich	outdoor seating area
der Bahnsteig, -e	train platform
einführen	to introduce (reforms, systems)
der Ersatzverkehr	replacement service (bus/train substitute)
herablassend	condescending
schimpfen	to scold, gripe, complain angrily
die Stadtbefestigung, -en	city fortification
die Stulle, -n	sandwich (Northern German)
die Verspätung, -en	delay (train/transport)

ABENDESSEN BEI LINA

Die Jungs stehen vor einem typischen Berliner **Wohnhaus**. Es gibt sechs Stockwerke und alle Balkons sehen gleich aus. Linas Wohnung ist im vierten Stock. Viele Studenten der Humboldt-Universität zu

Berlin wohnen hier. Es kostet nicht so viel und ist nicht weit von der Uni.

Bruce blickt nach oben und versucht, die Haustür zu öffnen. Sie bewegt sich nicht.

„Hm. Die Tür ist zu. Ich dachte, sie hat gesagt, wir sollen einfach hochkommen", sagt Bruce.

„Vielleicht ist das hier wie in einem Hotel? Mit Schlüsselkarte?", sagt Jason.

„Oder wir **klopfen** einfach... irgendwo?", schlägt Richard vor.

Bruce zeigt auf die **Klingelanlage** und rollt die Augen. „Ah, da ist ein Buzzer-System. Wir müssen wahrscheinlich ihren Namen finden und klingeln."

Jason liest die Namen durch. „Hier! ‚L. König'. Das ist sie, oder?"

Bruce drückt den Knopf neben dem Namen. Es brummt.

Linas Stimme ist über die **Sprechanlage** zu hören. „Hallo?"

„Hi! Wir sind's. Bruce, Jason und Richard", sagt Bruce.

„Super! Ich drück euch den **Summer**", sagt sie.

Ein lautes Brummen ertönt. Bruce zieht die Tür auf.

„Das ist wie ein **Geheimagenten**-Eingang", sagt Richard beeindruckt.

„Willkommen in einem typischen deutschen Wohnhaus", lacht Jason.

Sie erreichen Linas Wohnungstür und klopfen. Lina öffnet lächelnd die Tür. Im Wohnzimmer brennen ein paar Kerzen und machen die Atmosphäre gemütlich.

„Da seid ihr ja! Willkommen bei mir! Schön, dass ihr heute hier seid", sagt Lina. „Macht es euch gemütlich."

Zwei weitere Gäste sind schon da.

„Schön, dass ihr da seid! Kommt rein. Das ist Anna und das ist Mehmet. Wir studieren zusammen", sagt Lina.

„Hallo, freut mich!", sagt Bruce.

„Hallo", sagt Jason schüchtern und nickt mit dem Kopf.

„Ich bin Richard. Ich bringe den amerikanischen Charme", lächelt Richard.

Sie sitzen zusammen am Tisch, das Essen ist angerichtet. Der Duft von frischem Brot und gebratenem Gemüse erfüllt die kleine Küche. Es gibt verschiedene Wurst- und Käsesorten auf dem Tisch neben vielen Brötchen.

Anna schneidet ein Brötchen mit einem Messer auf. Dann **streicht** sie Butter auf einer Seite des Brötchens. Schließlich nimmt sie ein paar Scheiben Salami und ein Stück Käse und legt sie auf das gebutterte Brötchen.

„In Deutschland schneiden wir das Brot oft selbst", erklärt Lina.

„Zu Hause macht das immer jemand in der Fabrik", sagt Jason und lacht.

„Alles sieht sehr lecker aus", sagt Jason.

„Das ist Sucuk, eine würzige türkische Wurst", erklärt Mehmet. „Das musst du unbedingt probieren."

„Ich probiere alles", sagt Richard lächelnd.

„Also, was habt ihr heute gemacht?", fragt Lina.

„Wir haben eine Bootstour auf der Spree gemacht. Man sieht die Stadt aus einer ganz anderen Perspektive", sagt Bruce.

„Es war ruhig und entspannt. Eine gute Möglichkeit, sich zu verabschieden", sagt Jason

„Ich bin froh, dass ich nicht seekrank wurde", sagt Richard.

Richard beißt in sein Sandwich und macht plötzlich große Augen. „Oh! Das brennt ja wie Feuer!", ruft er.

Lina grinst. „Das kommt von der Soße. Die ist wirklich scharf. Vorsichtig damit!"

„Zu spät", lacht Jason.

„Nach der Bootstour haben wir eine **Führung** durch das Reichstagsgebäude gemacht. Vor ein paar Tagen sind wir mit den Fahrrädern vorbeigefahren und haben gesagt, dass wir irgendwann eine Führung machen sollten. Heute ist irgendwann", sagt Bruce.

„Und wisst ihr schon, wohin ihr als Nächstes fahrt?", fragt Anna?

„Noch nicht. Wir überlegen. Vielleicht Hannover, vielleicht Magdeburg", antwortet Bruce.

„Magdeburg hat nicht so viele Sehenswürdigkeiten. Die Grüne Zitadelle ist interessant, aber nicht wirklich der Reise wert. Hannover ist besser für Touristen. Ihr könnt dem Roten Faden durch Hannover folgen. Dann sieht man 36 der berühmtesten Sehenswürdigkeiten der Stadt. Es ist nur 4,2 Kilometer lang", sagt Mehmet.

„Das klingt interessant. Vielleicht machen wir das", sagt Jason.

„Ich gehe dahin, wo es gutes Essen gibt. Und keine geschlossene Badezimmertür“, sagt Richard.

Alle schauen verwirrt.

„Okay. Das kannst du nicht einfach sagen, ohne die Geschichte dahinter zu erzählen. Was ist dir passiert?“, fragt Bruce.

„Ich musste auf die Toilette und hab die Tür gesehen. Sie war zu. Also hab ich gewartet. Und gewartet. Und gewartet“, sagt Richard.

„Hast du nicht geklopft?“, lacht Jason.

„Erst nach fünf Minuten! Dann hab ich gemerkt, dass niemand drin war. Die Tür war nur zu, einfach so“, sagt Richard.

„Willkommen in Deutschland. Türen sind fast immer zu. Auch wenn niemand im Zimmer ist“, lacht Anna.

„Genau. Es gibt sogar Leute, die sagen: ‚Mach die Tür zu, sonst zieht’s!‘“, sagt Lina.

„Und das ist auch der Grund, warum wir regelmäßig lüften“, sagt Mehmet.

„Lüften?“, fragt Richard.

„Ja, wir öffnen die Fenster ganz weit für ein paar Minuten, damit frische Luft reinkommt. Man nennt das auch ‚Stoßlüften‘“, erklärt Lina

„Klingt logisch. In den USA öffnen wir nicht oft unsere Fenster“, sagt Bruce.

„Bei mir schon. Wenn wir keine Heizung oder Klimaanlage einschalten müssen, sparen wir ein bisschen Geld, indem wir die Fenster aufmachen. In meiner Wohnung schalten wir die Klimaanlage erst ein, wenn es über 90 Grad Fahrenheit draußen ist“, sagt Jason.

„Und noch was: Habt ihr Hausschuhe bekommen?“, fragt Anna.

„Ja! Lina hat sie uns am Eingang gegeben“, sagt Jason.

„In vielen deutschen Haushalten trägt man keine Straßenschuhe in der Wohnung. Das ist ein Zeichen von Respekt und Hygiene“, erklärt Mehmet.

„Ich mag die Hausschuhe. Bequem und warm. Vielleicht nehme ich sie mit“, lacht Richard.

„Die darfst du behalten, ein Souvenir aus Deutschland“, lacht Lina.

Die Gruppe sitzt noch lange zusammen, unterhält sich und lacht. Sie sprechen über die Unterschiede,

die sie bemerkt haben, zwischen den USA und
Deutschland. Die kleineren Autos, die Warnungen auf
Zigarettenpackungen, die Architektur und viele andere
kleine Sachen.

Mehmet und Anna haben auch viel über das Leben in
den USA gefragt. Sie wollten wissen, wie es mit der Politik
ist, ob die Jungs gerne in den USA reisen und viele andere
Sachen.

„Danke für das Essen, Lina. Und für die Kulturstunde",
sagt Bruce.

„Gern geschehen. Ich hoffe, ihr nehmt ein bisschen
Deutschland mit auf eure Reise", sagt Lina.

Alle stoßen mit Getränken an.

Nach einer Weile wollen die Jungs langsam zurück zum
Hotel. Sie danken Lina und ihren Freunden noch einmal
für die gemütliche Mahlzeit und fahren mit dem Zug
wieder zum Hotel Gemütlichkeit.

Kapitel 14 - Wortschatzliste

Deutsch	Englisch
die Führung, -en	guided tour
der Geheimagent, -en	secret agent
die Klingelanlage, -n	doorbell panel/intercom system
klopfen	to knock
die Sprechanlage, -n	intercom system
streichen (strich, gestrichen)	to spread (butter, etc.)
der Summer	door buzzer
das Wohnhaus, -̈er	residential building

TSCHÜSS, BERLIN.
HALLO, HANNOVER.

Auf dem Weg zurück zum Hotel Gemütlichkeit sprechen die Jungs darüber, wo sie zunächst hinfahren und was sie dort machen werden.

Als sie diese Reise geplant hatten, hatten sie keine Ahnung, wo sie hinreisen wollten. Sie wussten nur, dass sie in Berlin ankommen und von München wieder nach Hause fliegen.

Bruce hat dem Zollbeamten im Flughafen einfach eine Liste von deutschen Städten gegeben. Am Ende der Liste war natürlich München, aber die anderen Städte auf der Liste waren eine Lüge.

Sie haben drei Tage in Berlin verbracht und sie haben noch elf Tage, bis sie von München wieder nach Hause fliegen müssen. Sie überlegen, ob sie nach Hannover oder Magdeburg fahren wollen.

„Mehmet hat gesagt, Hannover hat viele Sehenswürdigkeiten, aber Magdeburg hat wenig anzubieten", sagt Bruce.

„Ja, ich weiß wirklich nicht viel über Magdeburg. Herr Lehrer hat viel darüber erzählt. Ich denke, er hat an einer Uni dort studiert", sagt Jason.

„Ich weiß gar nichts von diesen Städten, aber es gibt Brezeln in Hannover. Deshalb möchte ich dahin gehen", sagt Richard.

Bruce schüttelt seinen Kopf. „Richard, du denkst an *Snyder's of Hanover*. Das ist eine amerikanische Marke.

Sie kommen aus Hanover, Pennsylvania. Sie haben auch ein zweites Werk in Berlin... Pennsylvania."

„Dann will ich gar nicht nach Hannover reisen. Wenn sie so **betrügerisch** sind, haben sie wahrscheinlich nichts für mich", sagt Richard empört.

„Aber... die amerikanische Firma ist betrügerisch, nicht die Stadt Hannover in Deutschland. Dein Argument ist **unzulässig**", sagt Jason.

„Ich weiß nicht, was das bedeutet", sagt Richard.

„Es bedeutet, dass wir nach Hannover reisen und viele coole Sachen sehen werden", sagt Jason.

„Ja, ich denke, das ist die bessere Idee. Wir können die Karten auf dem Weg zum Hotel im Bahnhof kaufen", sagt Bruce.

Die Jungs nehmen die U-Bahn zur Haltestelle in der Nähe von ihrem Hotel. Dann kaufen sie die Karten für die Fahrt nach Hannover. Die Karten sind relativ teuer, 94 Euro für eine Karte. Richard meckert viel darüber, aber am Ende bezahlen Jason und Bruce dafür. Sie erzählen ihm, dass er das Geld später zurückzahlen kann. Sie eröffnen eine **Rechnung** und werden ihm am Ende der Reise erklären, wie viel Geld er **schuldet**.

Sie gehen zurück zum Hotel und sitzen in der **Kneipe**. Sie zeigen einander Fotos von der Reise und diskutieren, was die besten Teile des Besuchs in Berlin waren.

„Hier ist ein Foto von Jason und seinem Rucksack, nachdem er ihn am Flughafen wiedergefunden hat. Er sieht so glücklich aus", sagt Bruce.

„Ich habe ein Foto von Bruce mit dem Polizisten, der uns in der Nähe des Berliner Doms geholfen hat", sagt Jason.

„Der Dieb hat ein paar Fotos mit meiner Kamera gemacht. Sie sind eigentlich ganz gute Fotos", lacht Richard.

„Was ist dein Lieblingsteil von Berlin, Bruce?", fragt Jason.

„Die Aussicht vom Fernsehturm ist einfach **herrlich**", antwortet Bruce. „Man kann die ganze Stadt von da oben sehen. Das Bier ist etwas teuer, aber die Aussicht ist es wert."

„Die Bootstour gefällt mir sehr. Es hat Spaß gemacht, die Stadt zu erkunden, ohne mit einem Fahrrad zu fahren oder zu Fuß zu gehen. Es war entspannend.", sagt Jason.

„Ihr wisst schon, was mein Lieblingsteil war", sagt Richard.

„Döner Kebab!", sagen Jason und Bruce gleichzeitig.

„Nein. Ich mag Checkpoint Charlie. Das Museum war sehr interessant“, sagt Richard empört.

Bruce und Jason blicken sich an und lachen.

„Du interessierst dich für Geschichte?“, fragt Jason.

„Ja. Ich werde Geschichte an der Uni studieren“, sagt Richard stolz.

„Das hätte ich nie von dir erwartet“, sagt Bruce.

Sie sitzen noch eine Stunde in der Kneipe, bevor sie endlich in ihr Zimmer gehen. Sie packen ihre Koffer und duschen sich. Am nächsten Morgen fahren sie ganz früh ab. Sie fahren zuerst mit der U-Bahn zum Hauptbahnhof. Von dort fahren sie mit dem ICE-Zug nach Hannover. Die Fahrt sollte etwa eine Stunde und vierzig Minuten dauern.

Bevor sie ihren Wagen finden, gehen sie zur Bäckerei im Hauptbahnhof. Dort kaufen sie etwas zum Frühstück. Richard holt sich ein Schokocroissant. Bruce kauft eine Käsebrezel und Jason nimmt eine Nussschleife und einen Cappuccino.

„Auf der Karte steht’s, dass unsere **Sitzplätze** im Wagen 21 sind. Deshalb müssen wir in der Nähe von diesem Schild warten“, sagt Bruce.

Sie stehen unter dem „E15" Schild und warten auf den Zug. Es dauert nicht lange, bis der Zug da ist. Sie steigen in den Zug ein und legen ihre Koffer auf die **Gepäckablage**.

„Ich vergesse meine Sachen heute bestimmt nicht", sagt Jason und lächelt.

„Meine Sachen sind auch auf der Gepäckablage. Wenn du deine Sachen vergisst, dann vergessen wir auch meine Sachen. Das erlaube ich nicht", erwidert Bruce.

Dann finden sie ihre Sitzplätze. Ein alter Mann sitzt auf Platz 61. Dieser Sitzplatz ist für Jason reserviert.

„Entschuldigung. Ich denke, Sie sind auf meinem Sitzplatz", sagt Jason zu dem Mann.

„Nee, das kann nicht sein. Ich habe hier auf meiner Karte Sitzplatz 61", sagt der Mann.

„Ich habe auch Sitzplatz 61 auf meiner Karte. Wie kann das sein?", fragt Jason.

Der alte Mann zeigt Jason seine Karte.

„Ach so. Jetzt verstehe ich. Sie haben Sitzplatz 61 im Wagen 22. Das hier ist Wagen 21. Sie sitzen im falschen Wagen", erklärt Jason.

„Was? Habe ich…“, der alte Mann schaut sich um. „Ach du meine Güte. Sie haben recht, junger Mann. Es tut mir leid.“

Er steht auf und geht in den Wagen nebenan.

Endlich sitzen die Jungs auf ihren Sitzplätzen und der Zug fährt ab. Der Zug fährt ruhig durch die Landschaft. Grüne Felder und kleine Dörfer ziehen am Fenster vorbei. Berlin liegt hinter ihnen, aber die Reise ist noch lange nicht vorbei.

Kapitel 15 - Wortschatzliste

Deutsch	Englisch
betrügerisch	deceptive, fraudulent
die Gepäckablage, -n	luggage rack
herrlich	magnificent, lovely
die Kneipe, -n	pub, bar
die Rechnung, -en	account, bill
schulden	to owe (money)
der Sitzplatz, -¨e	seat (assigned)
unzulässig	inadmissible, invalid (argument)

DANKSAGUNG

Dieses Buch wäre ohne die Unterstützung einiger wunderbarer Menschen nicht möglich gewesen.

Ein ganz besonderer Dank geht an **Amy Sulistya**, deren kreative Energie und beeindruckende Illustrationen *Discovering Deutschland* zum Leben erweckt haben. Jede Zeichnung bringt eine Szene zum Leuchten und macht die Geschichte noch greifbarer für die Leser*innen.

Außerdem möchte ich meiner **Frau** und meinen drei **Kindern** von Herzen danken. Ihr habt geduldig akzeptiert, dass ich Abend für Abend stundenlang im Keller saß, um dieses Projekt zu schreiben, zu überarbeiten und fertigzustellen. Ohne eure Geduld, euer Verständnis und eure Liebe wäre dieses Buch nie entstanden.

Danke, dass ihr mich unterstützt und mir ermöglicht, meiner Leidenschaft nachzugehen: Menschen auf der ganzen Welt beim Deutschlernen zu helfen.

Herr Antrim

ÜBER DEN AUTOR

Herr Antrim ist ein leidenschaftlicher Deutschlehrer aus den USA. Seit über fünfzehn Jahren unterrichtet er Deutsch an einer High School in Illinois. Er hat viele Schüler*innen dabei unterstützt, ihre ersten Sätze auf Deutsch zu sprechen und später ganze Gespräche zu führen.

Seine Begeisterung für die deutsche Sprache begann schon in der Schulzeit, als er selbst Deutsch lernte und an einer Austauschreise nach Deutschland teilnahm. Später studierte er Germanistik an der Universität und verbrachte Zeit in Berlin, um seine Sprachkenntnisse zu vertiefen.

Heute hilft er nicht nur seinen Schüler*innen im Klassenzimmer, sondern auch tausenden Deutschlernern auf der ganzen Welt über seinen YouTube-Kanal „**Learn German with Herr Antrim**" und seine Webseite **germanwithantrim.com**. Dort bietet er Kurse, Lernmaterialien, Videos und eine aktive Community an.

Wenn du noch mehr von Herrn Antrim lernen möchtest, findest du auf seiner Webseite viele kostenlose Materialien, weitere Bücher, Arbeitsblätter und sogar die Möglichkeit, mit ihm im Einzelunterricht zu sprechen.

Andere Bücher von Herrn Antrim

Beginner German with Herr Antrim (A1)

Dieses Buch führt absolute Anfänger Schritt für Schritt in die deutsche Sprache ein. Mit klaren Erklärungen, alltagsnahen Beispielen und leicht verständlichen Dialogen begleitet es Lernende von ihren ersten deutschen Wörtern bis zu einfachen Gesprächen. Ideal für Selbstlerner und alle, die eine solide Grundlage auf A1-Niveau aufbauen möchten.

Elementary German with Herr Antrim (A2)

Die perfekte Fortsetzung nach dem A1-Band: Dieses Buch vertieft die Grundlagen und erweitert Wortschatz, Grammatik und kommunikative Fähigkeiten auf A2-Niveau. Durch verständliche Erklärungen, gezielte Übungen und praxisnahe Lesetexte lernen die Leser*innen, sich sicherer und flüssiger in Alltagssituationen auf Deutsch auszudrücken.

Mastering the German Case System

Ein umfassender Leitfaden zum gesamten deutschen Kasussystem; klar erklärt, mit vielen Beispielen und ohne unnötige Fachsprache. Von Nominativ bis Genitiv, von Pronomen über Präpositionen bis hin zu Adjektivendungen: Dieses Buch hilft Lernenden, endlich zu verstehen, warum welcher Kasus verwendet wird und wie man ihn sicher erkennt. Perfekt für Lernende ab A2/B1, die ihre Grammatikkenntnisse strukturiert vertiefen möchte

Mastering the German Case System Workbook

Das begleitende Arbeitsbuch zum gleichnamigen Grammatikband bietet zahlreiche Übungen, praxisnahe Aufgaben und Wiederholungssequenzen, die Schritt für Schritt Sicherheit im Umgang mit den vier Fällen vermitteln. Ideal zur Vertiefung, zum Selbststudium oder zum gezielten Training problematischer Strukturen.

Danke fürs Lesen!

Vielen Dank, dass du „*Discovering Deutschland:Besuch in Berlin*" gelesen hast!

Dieses Buch ist Teil eines unabhängigen Projekts, mit dem ich Deutschlernenden auf der ganzen Welt helfen möchte, ihre Sprachkenntnisse mit echten Geschichten und authentischen Dialogen zu verbessern.

Wenn dir das Buch gefallen hat, würde ich mich sehr freuen, wenn du dir einen Moment Zeit nimmst, um eine Bewertung auf Amazon zu schreiben.

https://www.germanwithantrim.com/dd-review

Deine Meinung hilft nicht nur anderen Lernenden bei der Entscheidung, sondern unterstützt mich auch dabei, weitere Bücher dieser Art zu veröffentlichen.

Vielen Dank für deine Unterstützung!

Herr Antrim

www.germanwithantrim.com

info@germanwithantrim.com